隻眼看水滸——說破英雄驚殺人

黃波 著

說「英雄」誰是英雄

一本書成，按照慣例，總應該在書前寫點什麼。

正在為此而躊躇，感覺沒有什麼話可說的時候，突然想起了幾年前自己的一篇舊文，題目就叫：說「英雄」誰是英雄。文不長，先引在下面：

> 筆者對近代史感興趣，偶有所感，便拉扯寫點什麼，最近的一篇題為〈說到「英雄」一涕然〉（刊《書屋》雜誌2004年第5期），是關於被孫中山先生評為「吾黨唯一柱石」，終遭袁世凱遣人刺死的陳其美的，我對他的捨身就死和暴戾恣睢的糾纏發了點感慨。文章刊載後引起了一些朋友的議論，因為他們認為陳其美儘管犯過一些諸如暗殺同志和商務印書館創辦者等錯誤，但他始終拒絕北洋政府的拉攏，誓死和以袁世凱為代表的黑暗勢力抗爭，以大節而言是一個「富貴不能淫、威武不能屈」的大英雄，而我的文章未免有些唐突英雄。

隻眼看水滸

——說破英雄驚殺人

說「英雄」誰是英雄？朋友的非議刺激我禁不住要追問一下了。其實這是一篇早就想寫的文章，早在張藝謀的《英雄》鉅片推出的時候就想寫了。把一部商業片弄出點文化的噱頭是老謀子特有的本領，《英雄》落幕，一個問題自然而然會浮上觀眾心頭：俠客，秦王，誰才是真正的英雄？按張藝謀的處理，在他心目中，當然是秦王才無愧於「英雄」稱號的。儘管張藝謀對此肯定能夠輕巧地搬出一套理論，而且多半會得到不少人士的認同，但它至少無法說服像我這樣只希望好好生活的庸人，我的一個很沒出息的觀點是：如果在「英雄」的許諾、指引乃至支配下，升斗小民無法得到現實的福祉，甚至還會為種種虛幻的東西賠進無數血淚，這樣的「英雄」不要也罷。回頭看陳其美，其一生行事的確有一股「大丈夫不怕死」的氣概，但僅僅不怕死能解決什麼問題呢？陳氏在上海都督（相當於今之市長）的任上，花天酒地，任用私人，更有隨意捕人、殺人等種種無法無天之舉，對一個歷史人物來說，難道這些都是可以輕易放過的小節？我想，對生活在歷史現場的上海人來說，他們的市長和誰誰誰誓死抗爭並不是多麼緊要的問題，只要他親民愛民肯為市民多做實實在在的好事就夠了。也許，有人會辯解說，陳其美當年的種種非正義是為了結果的大義，意思是只要目的純正，手段如何可以不問。可是這種「結果的大義」究竟在哪裡呢？說來說去不過是幾個縹緲的符號而已，這實在有幾分像牧師，

在口講指畫中要人們忍受現世的苦難，聲稱即將帶他們到天堂裡去。民國元老于右任先生歷盡滄桑世變，有詩曰：「風虎雲龍亦偶然，欺人青史話連篇。中原代有英雄出，各苦生民數十年。」好一個「各苦生民數十年」，他是看到了這種英雄的本質的。

英雄崇拜是古今中外哪個國家哪個民族都有的現象。卡萊爾在他關於英雄的講演中就曾斷言：「人類在這個世界上已完成的歷史，歸根結底是世界上耕耘過的偉人們的歷史。」可是什麼樣的人物才配稱英雄和偉人？中西卻判然有別。不僅是伏爾泰說過牛頓比克倫威爾偉大，羅曼‧羅蘭作《巨人三傳》，選的也是貝多芬、彌蓋朗基羅和托爾斯泰，他把這三位偉大的天才稱為「英雄」。正如楊絳女士所評論的，羅曼‧羅蘭所說的英雄，不是我們慣常理解、稱道的英雄人物，那種人憑藉強力，在虛榮和個人野心的驅使下，往往會給人類帶來巨大的災難，羅曼‧羅蘭所指的英雄，只不過是「人類的忠僕」，只因為具有偉大的品格；他們之所以偉大，是因為能傾心為公眾服務。什麼時候，國人的「英雄觀」也徹底改變過來呢？

從《水滸》扯到近代史上的陳其美，似乎有些離題了。其實以上文字正透露出我寫作「水滸系列」的初衷：校正傳統的「英雄觀」。而明眼人更能看出，不論是關於陳其美，還是梁山

好漢，在「英雄」的判斷問題上，我秉持的價值觀都是一以貫之的，即看是否把人的天賦權利擺在最重要的位置。可以說，我的每一篇關於《水滸》的文章，都貫穿著這樣一種價值觀，我之非議梁山好漢，也是因為他們常常是漠視人的天賦權利的。

千百年來，漠視人之天賦權利的梁山好漢為什麼會受到國人的追捧？在我看來，這和中國總是流行「清官戲」一樣，實際上人們未必不知道這些「清官」很難在他的生活中現身，但人總是要有一些夢想的支撐。「清官」和「英雄」，就是人們編織的美好的夢，儘管更多時候這樣的夢一個個歸於幻滅，但人們還是要一次次編織，以安慰和麻醉自己。

冷靜甚至冷酷地打破人們對水滸英雄的夢想，已有很多前賢這樣做過了，如周氏兄弟在一些零星的文章中就有所涉及，另外當代的王學泰先生用「遊民文化」的視角，也發表過很多獨到之見。我的書中借用前賢論述的地方（此外還有錢穆先生關於中國歷史的一些觀點），都儘量標注清楚了，以示不敢掠美。如果說在前賢論述之外，這本小書還有一點特色，那就是在打破人們關於英雄的夢想方面，我這畢竟是專書，所以能用更多的篇幅，比前賢們做得更為徹底。至於前賢們沒有論述到的，如梁山座次之謎、梁山女將之特殊地位和作用、英雄與情色之關係等等，我也做了嘗試性的分析。另一方面，和當下一些解讀《水滸》的大著相較，我也許顯得更「保守」一些，因為我寫作之初就堅持，一定要緊緊立足於《水滸》的文本，結合宋朝特定的歷史背景，不作泛泛的隱射式書寫，更不「戲說」。

　　時代在進步。在過去，打破人們對水滸英雄的夢想，也許多少還會有一點風險，至少會引來一頓臭罵，而現在則迥然不同了。我這組關於水滸的文字，最早是在《文匯報》「筆會版」以專欄形式陸續刊載的，應該說受到了讀者廣泛的歡迎，網路和紙媒轉載如潮，由此似乎足以證明，接受現代文明理念洗禮的人是不可阻擋地越來越多了。現在我擴充篇幅，結成一個小集子，仍然以原專欄「說破英雄驚殺人」為書名。「說破英雄驚殺人」是《三國演義》中曹操、劉備青梅煮酒那一回裡的一句詩，移用來比較契合我寫作過程中的心境。

　　此書定稿乃至出版，得力於北京中國青年出版社領導和編輯之玉成，繁體字版則要感謝臺灣秀威出版社的美意。我還要特別向兩個人致敬，兩個人一「古」一「今」，分別是金聖歎和張恨水。金聖歎對《水滸》的評點和張恨水先生那本薄薄的《水滸人物論贊》，對我寫作此書給了很大的啟發。

　　最後的一點說明也許不是無關緊要的：雖然我對水滸英雄基本不予認同，但這並不代表我對《水滸》一書的否定。《水滸》既然貢獻了這麼多異彩紛呈的藝術群像，人們至今不失談論的興趣，那它就完全有資格入偉大的著作之林。

隻眼看 水滸
—— 說破英雄驚殺人

第一輯

光明與幽暗：人物篇

李逵：純樸的嗜血者

提到李逵，我就有一種很複雜的感情。對這個莽大漢，隨著年齡和閱歷的增長，我的認識先後經歷了好幾種變化：孩童時代，喜歡他敢愛敢恨無拘無束，堅持要造反到底，少年時代同情於他的被宋江鴆死，惋惜英雄之沒有善終，後來卻漸漸對這個人的濫砍濫殺充滿了恐懼，認為這是一股可怕的破壞性力量。再就是當下了，多了些理性的我，越來越感到，對這個黑大漢很難下一個簡單化的判斷。

黑旋風李逵究竟是怎樣一個人物？

李逵的性格特徵

還沒有經歷人生艱險的人，沒法不喜歡李逵。這個莽大漢雖然匍匐在底層，但卻視生活重壓若無物，活得如此瀟脫、奔放、無牽無掛，而且是那麼坦蕩、率真、質樸，敢愛敢恨敢做敢當，簡直就是一個永遠長不大的全無心機的大男孩。在許多方面，李逵身上凝結了最底層人們的可貴品質。可是，從情感上親近是一回事，理性的選擇可能又是另一回事，一個想過平庸的幸福生活

的人，誰願與李逵為鄰？至少我就不願意，像我這樣的庸人只想平靜地活著，可不希望身邊有一個說不定啥時就會打破這種平靜的人。李逵正像一枚不定時炸彈，極有可能在你意想不到的時候突然引爆，將好不容易積攢起來的幸福一股腦兒埋葬。

李逵為什麼會讓一個凡夫俗子害怕？也許是他過於無拘無束無牽無絆了，破壞的能量十足駭人。其實也不是只有我這樣的庸人才對李逵懷有隱憂，魯迅先生當年就說：「李逵劫法場時，掄起板斧來排頭砍去，而所砍的是看客。」《水滸》作者用欣賞的筆調，濃墨重彩托出的，也正是這樣一個「嗜血者」形象：李逵的板斧向來是「排頭砍去」，而且動不動就會「殺得手順」，在他「殺得手順」的狀態之下，是沒有是非曲直好說的。扈三娘一門老幼，即使全憑水滸好漢的善惡觀，恐怕也沒有多少純粹的惡人，可當他們順著李逵的巨斧倒下時，只能怪自己運氣太壞了。《水滸》雖然處處是刀光劍影，但快意恩仇，幾乎沒有悲憫色彩，唯獨那個年僅四歲「生得端嚴美貌」的小衙內的死讓人心痛，「小衙內倒在地上，……只見頭劈做兩半個」，製造這一幕的正是咱們的「黑旋風」！也許在逼使朱仝上山入夥的目標之下，無論在哪個梁山好漢的眼裡，一個小衙內的生命都是不堪一顧的，然而這種超過正常人心理承受度、毫無必要的暴力，卻似乎只有交給李逵去做，才會那麼揮灑隨意得心應手。

李逵崇尚暴力，流血越多，他越興奮，但他並不像一般的流氓無產者那樣渾身無賴氣息，相反他是那麼純樸。純樸和嗜

血，這就是李逵最顯著的性格特徵。在他身上，這兩種很不協調的特徵得到了奇怪的統一。他事親至孝，對母親的愛純出天性，所以當母親不幸被虎吃了，他在荒山上的「大哭」才格外讓人感動；他又嫉惡如仇，最看不慣以大欺小以強凌弱，哪怕是自己最崇敬的大哥宋江，如果欺凌弱小，他也會義無反顧拔刀而起。一個嗜血者當然讓人恐懼，而一個純樸的嗜血者除了帶來恐懼，還讓人困惑。為什麼純樸和嗜血這兩種迥異的特質可以在李逵身上統一起來？其實並不奇怪，就因為李逵是個完全不把生命當回事的人。他不僅對別人的生命全無憐惜，就是自己的生命也是毫不以為意的。他把戰爭、殺人和流血看得像一場遊戲，他是那麼熱衷於拿自己的腦袋作賭注，「腦袋掉了碗大個疤」是李逵的通用口頭禪，彷彿人們（包括他們自己）脖子上頂著的不過是一棵割了還可以再長的韭菜。在一個全然不知憐惜生命的人眼裡，許多血腥的、旁人難以理解的行為於是變得自然和正常了，書中寫道，李逵一次偶爾聽說某人家裡鬧鬼，便主動請纓捉鬼，但當他弄清所謂鬧鬼實係這戶人家的女兒與人偷情時，居然一鼓作氣將一對野鴛鴦殺盡了事，這一情節典型地代表了李逵的風格：急公好義，卻又草菅人命，純樸和嗜血就這樣達到了高度的統一。

連自己的生命都不憐惜的人是非常可怕的，我常疑心千百年人們之喜愛李逵幾乎是葉公好龍，紙上的、幻覺中的李逵的確可愛極了，但如果他一旦從紙上進入到真實的生活，又會有幾人不敬而遠之甚至退避三舍？

憐惜李逵的人都會為其死於非命而惋惜，那麼如果李逵幸而不死，甚至更進一步，幸而造反成功，我們又將看到一個什麼樣的李逵？

李逵造反成功後會怎樣？

曾經有一個時期，李逵被解讀為最堅決的革命者，宋江投降路線最徹底的反對者，因為他是高叫「招甚鳥安」，強烈主張「哥哥做皇帝，教盧員外做丞相，我們都做大官，殺去東京（指北宋首都開封），奪了鳥位」的。

因了李逵在梁山上微末的地位，更因了他對宋江個人的忠誠和崇拜，李逵即使反對但還是走上了招安之路，並最終死於非命。那麼，如果梁山沒有接受招安，造反到底，並真的一如李逵的預期，「殺去東京，奪了鳥位」，又會是怎樣的一幅圖景呢？我們不妨按照歷史的某種規律，結合李逵的性格特徵，進行一番合情合理的推測。

首先可以肯定，李逵絕不會想到，在造反大軍中由他來對宋江取而代之，他永遠都只會是大哥宋江的追隨者。這裡面當然有一種極為樸素的情感，這種情感深厚地植根於底層人民中間，往往是大人物無法想像的。

其次，一旦造反成功，宋江坐了龍庭，李逵「做了大官」，這時的李逵即使再全無城府心直口快乃至膽大妄為，也會在經歷一段適應期後，慢慢融入一種新的主流秩序，其個性會受到很大

的約束。這是有歷史先例可循的。當年劉邦奪了皇位，那群生死兄弟起初在朝廷上大叫大嚷全無禮儀，劉邦沒奈何，請人制訂了一套嚴格而又完整的制度，兄弟們終於明白生死相隨甘苦與共的時代已一去不返，乖乖地進入了新的秩序中，劉邦高興地說現在才知道當皇帝的趣味啊。

最後，根據李逵的性格特徵，我們可以判定，即使他當了大官，即使不能不臣服於一種新的主流秩序中，他也不會丟掉一些本色的東西，這就是他對貪官污吏的天然憎惡不會改變，他對不義之財也會一如既往的排斥，也就是說他很有可能是我們傳統意義上的一個清官。然而由於他的致命缺陷，比如專業能力的欠缺，比如他暴虐的天性，清官李逵哪怕有一些看似非常符合底層百姓預期的良好意願，卻未必不會做出一些極其荒謬的事來。

李逵做官後會怎樣？《水滸》一書中其實有過一回預演，卻常被人忽略。當日李逵手持雙斧，來到和梁山泊臨近的壽張縣，就過了一回縣官癮。擊鼓升堂後的李縣令要審案子了，甲說「相公可憐見，他打了小人」，乙說「他罵了小人，我才打他。」李縣令問：「那個是吃打的。」甲說「小人是吃打的」。於是李縣令下了這樣一道判決：「這個打了人的是好漢，先放了他去。這個不長進的，怎地吃人打了，與我枷號在衙門前示眾。」這一幕看似滑稽，卻符合李逵的世界觀和價值觀。李逵和常人相比，自有一套獨特的理論系統，在崇尚暴力的李逵眼中，老天讓一個男人長兩隻手兩隻腳，天生就是用來施暴和抗暴的，如果被人施暴了，那只能證明你的無能。這樣一套理論，如果李逵僅僅是一介

平民，如果他除了對自己，還沒有號令他人、主宰社會的權力，雖然會惹出一些亂子，但還是蠻可愛還是有相當觀賞性的，可如果他擁有了一定公權，他的權力可以影響他人乃至社會了，在其治下，必將陷入沒有規則的混亂中。有時候，這種沒有規則，可能會於冥冥中契合「自然律」，對舊王朝那種腐惡秩序起到意想不到的矯正和調適的作用，但多數時候，全無規則，即使對老百姓而言，也不是一件好玩兒的事。

造反成功後的李逵是會讓宋江大傷腦筋的。不僅僅是這人說話無遮無攔，可能說破皇帝隱秘的心事，也不僅僅因為他沒大沒小會損害朝廷尊嚴，更因為他不學無術不講規則，讓宋江感覺在分配權力的盛宴中，對這個小兄弟實在不好安排。打江山的過程中，需要這種人衝殺在前，發揮其巨大破壞力，可是真要坐了江山，這種人卻只會成事不足敗事有餘。當然，優待和寬容還是要的，畢竟曾經共過患難，即使完全是為了做給人看，宋江也會讓李逵享盡榮華。綜合考量，宋江的最優選擇是，對李逵大加賞賜，讓他回到自己的莊園中，做富家翁去，皇帝說不定還會常常親臨他的莊園，以示恩寵。造反成功後的李逵收穫了個人的尊榮，但也完成了他的使命，肯定會早早退出政治生活，在新搭建的政治結構中，註定發揮不了任何實質性作用。

二　柴進：落魄貴族的掙扎

　　水滸一百單八將，上梁山的原因有幾種不同的模式，其中最容易激發讀者之共鳴的，則是在官府和豪強的擠壓、迫害之下，非如此不足以安身的模式，謂之「逼上梁山」，代表人物是林沖，而與此相近的則有「小旋風」柴進。柴進因叔叔被高唐州知府高廉的妻舅殷天錫強佔花園，前往理論，結果「失陷高唐州」，最後隨著前來解救他的水滸英雄落草上山。可是柴進的上梁山與林沖表面相似，實質卻大有區別。想那林沖，雖然武藝超群，居家過日子時卻是一安分守己之良民，反觀柴進，卻大異其趣。讀《水滸》的人談到柴進，都會情不自禁地想到兩個問題：作為舊王孫的柴進，為什麼不肯安分守己，又為什麼那麼喜歡對江湖中人「仗義疏財」？

　　先說說柴進的出身。《水滸》書中說他是「後周柴世宗嫡派子孫，因祖上有陳橋讓位之功，太祖武德皇帝敕賜他誓書鐵券在家，無人敢欺負他。」這裡的「陳橋讓位」云云自是說書人的狡獪，當不得真的。後周世宗柴榮應該要算中國歷史上帝王中的一個傑出人物，可惜死得早了點，留下孤兒寡婦和大好江山，怎不讓梟雄們生覬覦之心？一般人物看著皇帝寶座眼熱倒也罷了，最

要命的是其中有一個手握「槍桿子」大權的人，這個人就是宋朝的開國皇帝宋太祖趙匡胤，時為後周的禁軍統帥。柴榮的兒子繼位後，本來是讓趙匡胤領兵去抵禦契丹人的，可是到了陳橋驛這個地方，突然發生了兵變。兵變的真相史書上是看不到的，因為歷史向來是由勝利者——即最後取得政權的人來書寫的。所以，現在正史上關於陳橋兵變，當時太祖「醉臥」，對兵變毫不知情，對士兵擁戴他當皇帝的意願「固拒之」等等，都是騙人的鬼話，即將登上寶座的皇帝和以開國功臣自期的將領和士兵們，在這裡只是演了一個不太高明的雙簧罷了。不過到底因為趙匡胤得位不正，心裡發虛，也可能是趙匡胤這人還不像其他皇帝那樣兇殘，更有可能是他更聰明，看透像柴氏這樣的政治「跛鴨」很難對他的統治帶來實質性威脅，樂得顯示自己的仁厚慈祥，總之，宋朝皇帝對柴氏後裔還是相當優禮的。不過，優禮是優禮，卻還沒到「敕賜他誓書鐵券」的份兒上，史書記載，趙匡胤稱帝後的確給臣下賜過一些鐵券。所謂鐵券，是一種「其狀如瓦，鐵質金字」的玩藝兒，外面刻功臣履事功，裡面刻的是免罪的條款，這種器物一分為二，受賜者一份，朝廷裡藏一份，受賜者及其後人如果犯罪，拿這塊東西出來，和朝廷裡那一塊驗合，於是可以減免罪行。但宋朝人得賜鐵券的，都是擁戴趙匡胤當皇帝有功之人，其中並無柴氏後裔。《水滸》作者安排給柴進一塊鐵券，這是小說家言，不能以史實硬去糾纏，更重要的是，這塊鐵券在小說中出現，還富有非同尋常的作用，它不僅象徵著柴進的貴族身

份，更以它在與新貴衝突中一種出人意料的淪落，昭示出社會變革的悲喜劇。

　　按《水滸》的安排，既然連鐵券都賜了，柴進所受的尊榮是可以想見的。可是這樣一個受盡優禮的人，平日喜歡做什麼呢？柴進村中小酒店的老闆說得明白：「專一招集天下往來的好漢，三五十養在家中。常常囑咐我們：『酒店裡如有流配來的犯人，可叫他投我莊上來，我自資助他。」專一招集好漢、資助朝廷的罪人，這是一個安份守己的良民所應該做的嗎？單憑這兩條，在封建王朝已容易被認為有不軌之心，須知，早從春秋戰國時代開始，喜歡蓄養門客就已經大犯官家忌諱了，門客眾多，有的甚至陰蓄死士以備驅馳，在坐穩了寶座的人看來，都是一種巨大的威脅。而柴進所做的還遠不止於此，他對官府明令通緝的要犯不僅沒有盡一個臣民的應盡之勞，相反還屢屢以自己的特殊身份和地位給予蔭庇，像做下驚天大案的晁蓋等人，就是柴進介紹遁入梁山泊的，這已經是不折不扣的犯罪了。不論以什麼樣的價值觀去觀照，這都是犯罪，除非是一個完全不講秩序、號召砸亂公檢法的非常時代。

　　柴進一邊享受朝廷給予的尊榮，另一邊在江湖上也享有極高的聲譽。第三十五回，石勇在酒店裡不肯讓座，拍著桌子道：「老爺天下只認得兩個人（即柴進、宋江），其餘的都把來做腳底下的泥」，可笑這個石勇在《水滸》裡只是一個排不上號兒的人物，但他雖然狂妄無知，卻還知道尊敬柴進呢；晁蓋等人初上梁山，為王倫所不容，王倫卻還顧忌「於柴大官人面子上不好

看」，即使下決心要「送瘟神」，好歹還要忍痛拿出一些銀子來做打發，這都是柴進的影響無所不在的有力證明。探究柴進之獲得江湖好漢的敬仰，既不是因為他有什麼驚人的才藝，實質上也非其門弟和財富，而是因為他支配財富的方式，「仗義疏財」、「門招天下客」，不論是真的英雄，還是雞鳴狗盜之徒，誰來找他都會有面子有收穫，很對江湖中人的脾胃。柴進對江湖中人的慷慨解囊，是緣於一種視金錢如糞土的天性，還是別有機心？如果說純粹是一種個人美德，很難解釋他疏財為什麼還甘冒那麼大的風險而不惜。世界上大概絕不會有像柴進這樣的慈善家，置牢獄之災甚至身家性命於不顧，也要不折不撓地給不相干的人大把大把掏銀子。柴進如果真的只是一個道德高尚動機純粹的大慈善家，那最受他實惠的應該不是江湖中人，而應該是他村子中的百姓，讀《宋史》我們可以知道，在宋朝，農民所受賦役盤剝之苦是非常深重的，柴進要天女散花式地撒錢，絕對不愁沒有一個更會彰揚其慈善美名的地方，可是從《水滸》書中，我們沒有看到柴進對他村子中的普通百姓有什麼值得一提的善舉和義舉。

柴進的「仗義疏財」、「門招天下客」說到底只是落魄貴族的一種掙扎。「無人敢欺負他」，那都是過去的事了，遭逢一個失序的時代，隨著新貴的崛起，舊貴族的地位和權勢已經受到了挑戰。新舊貴族的此消彼長在柴進和殷天錫的對話中表現得淋漓盡致，柴進道：「我家也是龍子龍孫，放著先朝丹書鐵券，誰敢不敬！」殷天錫喝道：「這廝正是胡說！便有誓書鐵券，我也不怕！」殷天錫為何如此張狂？不外因為他背後站著高廉，而高

廉的背後站著當朝太尉高俅罷了。新舊貴族的衝突是封建王朝裡常要上演的劇目，特別是在秩序失範、慣常的倫理規則受到蔑視的時候，新生的權貴們已經不滿足於已有的權力和金錢，還渴望身份和尊榮。我疑心殷天錫未必非要那個園子不可，不過欲借此打擊舊貴族的聲勢而已。在這場新舊貴族的衝突中，柴進一方明顯屈居下風，即使他佔有更多的公理，甚至還持有御賜的丹書鐵券，也沒能讓柴進得到官方的任何支援，這固然可以一方面看出規則和秩序被蔑視到了何等地步，看出當時的司法爛到了何等地步，是否另一方面還透露出政府對柴進的警告和裁抑之意呢？柴進大張旗鼓地吸納亡命，哪怕官府的效率再低，恐怕也不會不引起相當的注意吧？

　　雖然正史上缺乏細節，但我們可以揣著常情常理去忖度，宋朝開國時對柴氏的優待到了柴進這一輩，估計更多的只是一種象徵意義了。鐵券當然還是那塊鐵券，只是成色已差了許多，越來越黯淡了。柴氏之後雖然還是貴族血統，可已經不再是社會的強勢力量，已經成為落魄的貴族。應該說柴進是個非常精明富有遠見的人，早在這場衝突前，他已敏感地意識到他可能遇到了先輩們未曾遇過的困局，應對這種困局，不是他們習慣的那種挾金錢美女，靠在官府中上下其手就能避免家族衰敗的，而必須借助一股被視為非正統的力量，就是俠客和遊民，以預為之用。柴進花費這麼多金錢，在和他身份極不協調的那一干人面前，表現得那麼謙恭那麼無微不至，可以說除了金錢還費盡了心機，平心而論，這一切絕非為了造反，為了奪回曾經屬於柴家的寶座。柴進

只是憑直覺感到時代變了，感到自己和家族的利益有面臨侵害的危險，感到這股非正統的力量終有發揮作用的那一天。果然，當他身陷囹圄，不惜大動刀兵前來相救的都是受過他恩惠的江湖豪傑。柴氏家族中，平日裡肯定頗多不以柴進「禮賢下士」為然者，但當他們用盡所有資源，仍然不能解救家族危機甚至有可能搭上柴進性命的時候，面對這唯一的救星，他們定會在心裡讚歎柴進的英明和富有遠見。

「天下沒有白吃的午餐」，這是經濟學上的一條原理，意思是所有收益都要付出成本。柴大官人的「仗義疏財」故事，驗證的卻是這樣一條簡單的原理，這真是一件很有趣味的事。

三 閻婆惜的抉擇

《水滸》的作者好像是很不喜歡女人的，一部大書，人物上百，女性卻寥寥無幾，而且這很少的幾個女人，不是淫蕩，就是全然沒有女性特徵。而閻婆惜就是這所謂「淫婦」中的一個。

即使是在潘金蓮、潘巧雲等一干「淫婦」中，閻婆惜的地位也是非常特殊的，這當然是因為她與梁山泊王宋江的關係。如果沒有這個閻婆惜，宋江恐怕依然會穩穩地做他的押司，唱忠孝節義的高調，雖然肯定還會和梁山這個江湖組織暗通款曲，卻未必真會走上梁山。

遇上閻婆惜是宋江生命中的一個轉折。反過來說，遇上宋江，何嘗又不是閻婆惜生命的一個轉折呢？

宋江、閻婆惜關係之實質

宋江、閻婆惜之間究竟是一種什麼關係？《水滸》中是看得並不分明的。

因為閻婆一家流落到鄆城縣，當家的又「害時疫死了」，無錢收殮和度日，有「及時雨」之稱的宋江及時伸出了援手。雖然

我不喜歡宋江其人，但在這件事上，竊以為宋江是無可挑剔的，他面對哀哀求告的閻婆和居間介紹的王婆，不假思索地掏出銀子周濟，只是出於一種豪爽、不吝錢財的本性，而沒有什麼其他功利的目的，因為在這個時候，閻婆要論唯一可以拿得出來的「本錢」，只有她的女兒閻婆惜，而這時宋江還根本不知道她有這麼一個千嬌百媚的女兒呢。

要把閻婆惜與宋江「做個親眷來往」，這是閻婆的主動。其中固然有一點報恩的意味，而更多的，恐怕還是一個飽受流離失所之苦的老人現實的考慮，她已經探清了宋江的底細，掂量出了他在鄆城這個小縣城的份量。對閻婆母女這對外鄉人來說，要在鄆城這個地方生活下去，覓到一枝之棲，還有什麼比依靠宋押司更好的選擇？

可是，「宋江依允了，就在縣西巷內，討了一所樓房，置辦些傢伙什物，安頓了閻婆惜娘兒兩個，在那裡居住」，這對閻婆惜來說，算什麼呢？是傳統所謂「外宅」即今之「二奶」嗎？可是後面寫道，閻婆惜借梁山書信威脅宋江，要宋江「從今日起便將原典我的文書來還我」，這分明又是一種主與奴的關係。

這樣一種關係，連閻婆恐怕都難以饜足的，這從閻婆找人說媒之前，還要專門打聽宋江有沒有娘子即可見出，否則想做人小妾，甚至給人做奴婢，又哪裡需要知道對方有沒有妻室呢？對這樣一種連閻婆都不滿意的關係，那個從小在風塵中闖蕩，「長得好模樣，又會唱曲兒，省得諸般耍笑」的閻婆惜，持何種態度，就更是不言而喻了。可是從表面上看，閻婆也好，閻婆惜也罷，

最後都對這種關係表現出了妥協，尤其是閻婆，在女兒冷淡宋江的時候，還要拼命巴結宋江，竭力維持這種關係。其中原因當然也是一望即知的，無非是因為在強勢的宋押司那裡，閻氏母女幾乎沒有什麼可供博弈的資本。

專門安排一個房子養著，又還有一紙典身的文書限制著她的自由，閻婆惜於宋江，可以說既近似妾又不是妾，因為她的人身是受限制的；既近似奴又不是奴，因為她要比一般的奴貢獻更多的義務，即還要供主人性的發洩。這樣一種身份，決定了閻婆惜在宋江那裡的地位，是連一般的「妾」和「奴」都不如的。這就是宋江、閻婆惜關係的實質。

沒有妻室的宋江為什麼用這樣一種方式安置閻婆惜？其中一個重要原因，應該歸結為閻婆惜的身世，宋江雖然只是一個區區小吏，畢竟在縣城要算有頭有臉的人，像閻婆惜這樣自小在社會上闖蕩，近於歌伎一流的女子是難以任其登堂入室的。那麼宋江之納下閻婆惜，是否和他當初給閻婆銀子一樣，全是一種沒有功利動機的義舉呢？恐怕也不盡然，儘管《水滸》中說宋江「只愛學槍使棒，於女色上不十分要緊」，但英雄也難免貪戀美色，會有情欲的需求，否則，又怎麼會「初時，宋江夜夜與婆惜一處歇臥」呢？至於宋江「向後漸漸來得慢了」，似乎又恢復了所謂英雄本色，其實若用今天的大白話道之，不過就是「玩膩了」三字而已！

玩膩了的宋江漸漸來得慢了，然而因為那一紙典身的文書，宋江實際上還握有對閻婆惜身體的壟斷權。宋江對閻婆惜的傷害

是雙重的，一是在人身上的壟斷，二是他霸佔著一個有著正常欲求的妙齡女子，卻又不給她需要的情和欲。

花樣年華的閻婆惜，因其性格的倔強，自然要竭力掙脫這種處境。她不喜歡「黑矮」又不通風情的宋江是一定的，如果宋江始終不失最初兩人交往的熱情，那閻婆惜還可能老老實實盡一個報恩者的本份。現在既然這個人不那麼稀罕自己老老實實的報恩，她為什麼還要吊死在這一棵樹上呢？

幸乎不幸乎，閻婆惜遇到了張文遠，她開始了新的抉擇。可是張文遠就真的會給她帶來需要的幸福嗎？

張文遠也不會給閻婆惜更好的命運

與宋江相比，張文遠的優勢是顯而易見的。論地位，張文遠和宋江一樣，都是縣衙裡的押司；論容貌，張文遠「生得眉清目秀，齒白唇紅」；論風流和才情，張文遠「平昔只愛去三瓦兩舍，飄蓬浮蕩，學得一身風流俊俏，更兼品竹調絲，無有不會」。在閱人無數的風塵女子眼中，張文遠這樣的人物當然是上上之選了。

閻婆惜與張文遠，初時可能的確只是一點男歡女愛，不過，隨著時間的推移，我們就可以看到，閻婆惜已經不滿足於僅僅找到一個風流俊俏的性伴侶了，而是在張文遠身上，寄寓了更大的期望。

舊時代男女之間，哪怕夫婦，也是講究「發乎情止乎禮」的，《水滸》作者更彷彿是天生憎惡女子，所以，我們很難看到書中於男女之情有什麼動人的文字，可是現在於閻婆惜苦侯張文遠一節中卻看到了：

「那閻婆惜倒在床上，對著盞孤燈，正在沒可尋思處，只等這小張三來。聽得娘叫道：『你的心愛的三郎在這裡。』那婆娘只道是張三郎，慌忙起來，把手掠一掠雲鬢，口裡喃喃的罵道：『這短命，等得我苦也！老娘先打兩個耳刮子著！』飛也似跑下樓來。就格子眼裡張時，堂前玻璃燈卻明亮，照見是宋江，那婆娘復翻身轉又上樓去，依前倒在床上。」

儘管作者的初衷是暴閻婆惜之醜，金聖歎也對這一段短短的文字接連批了五個「醜」字，但在對人性、人情有了更深理解的今人看來，這裡只有情愛之美，是人之天性的自然流露，何醜之有？不能不發一句感歎：閻婆惜這個一直被侮辱和被損害的風塵女子，一旦動了真情，原來也會如此執著和癡迷！

對張文遠動了真情的閻婆惜，已經在重新計畫她的人生，只是一直沒有等到合適的機遇，而宋江不慎遺留的梁山書信，卻一下子把機遇推到了這個女人的面前。所以，她借這封書信向宋江要脅，所提的第一個條件就是「從今日便將原典我的文書來還我，再與一紙，任從我改嫁張三」。她後面的兩個條件也都與她「要和張三兩個做夫妻」的計畫緊密相關：不許宋江討回她穿的、住的、用的，向宋江要梁山許諾給宋江的一百兩金子，無一不是為了日後的生活。

　　不知道閻婆惜的計畫是否透露給了張文遠，更不知道當張文遠得知情人這一計畫時曾有怎樣的回應，但可以肯定的是，與宋江相比，這個張文遠也絕不會給閻婆惜帶來更好的命運。

　　閻婆惜對張文遠的情義，書中歷歷如繪，而反過來張文遠對閻婆惜的情義，我們卻只有付諸想像了。像張文遠這種久在紅粉中廝混的人，要他在閻婆惜面前表演出一點山盟海誓般的情義，博佳人一笑大概是不難的。可閻婆惜一死，就把這種情義的偽裝撕得乾乾淨淨了。面對殺了情人的宋江，張文遠雖然也曾鼓動閻婆追查，不過兩句話終究洩露了天機，「況且婆娘已死了」，「這張三又沒了粉頭，不來做甚冤家。」如果說風塵女子還可能殘存一點浪漫主義，那麼像張三這樣輕薄無行的風流浪子，就是一個標準的現實主義者。他當初圖的不過是閻婆惜的美色，一旦玉殞香消，也許難免追念幾回，但佔據他腦海的只能是那可以供自己玩弄的身體，要他僅僅為這樣一個自己玩弄過、現已殞命的女子，而不顧現實的利益受損，那不是與虎謀皮嗎？

　　閻婆惜一心要衝破宋江設下的牢籠，投奔張文遠，乃至為這個重大抉擇付出了生命的代價。顯然，她做出這個抉擇時，是對未來有著很好的憧憬的。然而透過在其身後張文遠的反應，我們可以看出，即使閻婆惜的願望得遂，這個風流俊俏的張三郎也不會帶來她想要的東西。無論是面對宋江，還是張文遠，還是別的什麼人，閻婆惜被侮辱和被損害的命運不會有什麼本質上的改變。

可能有人會不理解閱人無數的閻婆惜，怎麼還會看不破張文遠？是啊，誰能明白呢。硬要追問答案，也許只有感歎一句：愛情，往往使人盲目。

四 一邊懲惡，一邊幫兇

──「武松醉打蔣門神」別議

　　我一直猶豫著要不要寫這樣一篇關於武松的文字，因為武二郎雖然只是一個文學形象，卻早已在普羅大眾心目中定格，是勇敢、正義的化身，承載著弱者的理想，就連眼光超卓的張恨水先生也說：「真能讀武松傳者，絕不止驚其事，亦絕不止驚其才，只覺是一片血誠，一片天真，一片大義」。但我要說，就是這樣一個英雄人物，他的確常常會不惜赴湯蹈火地去抑制兇暴，然而如果我輩小老百姓不給予適度的警惕，只是一味沉醉於那種懲惡的暴力美學中，英雄也是極有可能傷及我們自身的。關於這一點，我在本書的後面還將揭出被武松、張青蔑視，後來同樣又被無數讀者所輕忽的「十字坡上的冤魂」，這裡且談「武松醉打蔣門神」。

　　《水滸》裡有關武松的章節中，「醉打蔣門神」是一齣大戲。武松鐵拳到處，一個惡勢力的代表人物轟然倒下，演繹著水滸英雄「路見不平一聲吼，該出手時就出手」的主題，端的大快人心。

　　然而武二郎在為誰鳴不平？施恩父子也。施恩父子又是何許人？書中說得明白，施恩他爹乃孟州城監獄的管營，這位管營

老爺品性如何呢？武松作為犯人最初解到時，因為沒有呈上「孝敬」，管營大人差點照常規賞給武松一頓「殺威棒」，好歹在旁邊的施恩另有打算，才免卻皮肉之苦。這樣看來，施恩的老子其實和當時多數墨吏一樣，有錢好辦事，無錢就會找人晦氣。至於施恩本人，他自己也交代得極為清楚，他在孟州城開的那家後來引出無數風波的快活林酒店並非尋常，據其對武松介紹：「山東、河北客商們，都來那裡做買賣，有百十處大客店，三二處賭坊、兌坊」，顯然是孟州城裡做生意的黃金地段，要占得這樣一塊地盤，沒有相當的人脈和勢力是不可能的。做生意就做生意吧，可施恩的生意並非僅僅是簡單的「低價進高價出」以賺取利潤，「但有過路妓女之人，到那裡來時，先要來參見小弟，然後許他去趁食。那許多去處，每朝每日，都有閒錢，月終也有三二百兩銀子尋覓，如此賺錢。」按說你不過是一家酒店，賺錢之法應該是在菜的質量、品種和優質服務上下功夫，怎麼又和皮肉生意掛上鉤了？而且還不是食、色共營，不用為性交易提供場地和服務，只是坐地收錢，這是一種什麼樣的生意呢？不必多費腦力就通知，這就是今之所謂收取保護費！在快活林酒店那一塊地盤上討生活的人們，無論是做正經生意的，還是妓女，只要對施恩恭敬，每月按時上交「彩頭」，施恩就能保證你的生意平平穩穩地做下去，沒人找你的碴子。這個不過「二十四五年紀，白淨面皮」的小夥子，居然能夠如此輕鬆賺錢，其本錢是什麼？第一當然是靠他老子的權勢和地位，雖然管營算不上什麼官，可到底是衙門裡說得上話的人，在一個小城裡，照拂快活林酒店那一

塊地盤還是綽綽有餘的；第二，施恩雖然本事稀疏，畢竟曾「學得些小槍棒在手」，哪怕花拳繡腿，對付良民聲勢也足夠駭人了；第三，施恩非常善於利用一切資源，書中寫道，他的酒店之所以獨霸孟州，還靠他老子管的八九十個囚徒護場子，這些人既淪為施恩他爹砧板上的肉，能夠為管營的公子效力已經是恩惠了，哪兒會有不竭誠賣命的道理呢？可是「如此賺錢」的勾當卻活生生被蔣門神奪了。蔣門神又有多少本錢，為何偏偏壓過施恩一頭？無他，拳頭更大，「有一身好本事，使得好槍棒」，一場單挑下來，「施恩吃那廝一頓拳腳打了」，更重要的是這蔣門神的後臺更硬，背後站著張團練。當此之際，即使是那為施恩護場子的八九十個囚徒，恐怕也知道風向了吧？就這樣，快活林酒店換了主人。這樣一個產權的轉變過程，嚴格說來受影響的只是施恩和蔣門神這兩個當事人，金錢上的一進一出關係委實非淺，可對原來就靠交保護費以求平安的生意人來說，並無實質性影響。對他們來說，其意義只是換了個收錢的主兒，每月需要上交的錢從施恩這兒轉到了蔣門神那一邊。當然如果蔣門神攢走施恩後肆意抬高保護費的價格，那對這些人的影響另當別論，只是書中並未提及這一點，想來哪怕是收保護費，也應該有一個各方默認的規則，即使強橫如蔣門神，也知道維持利益相對均衡的安定局面的好處，不會輕易去嘗試打破這樣一個規則吧？

通過以上分析很容易得出一個結論：說到底，這施恩、蔣門神就是當年孟州城兩股「黑社會」。現代法律專家們說，「黑社會性質的組織」有幾個特徵，「犯罪組織比較穩定，人數較

多，有明確的組織者、領導者，骨幹成員基本固定；有組織地通過違法犯罪活動或者其他手段獲取經濟利益，具備一定經濟實力；稱霸一方，在一定區域或者行業內，形成非法控制或者重大影響。」不妨逐條對照一下。施恩、蔣門神是他們圈子公認的領導者，都擁有一批固定成員，符合第一條；他們不勞而獲收取保護費獲得經濟利益，即使在宋朝也應該屬於非法手段，符合第二條；在孟州的酒店行業中，快活林的服務和經營並無特色，卻獨霸一方，甚至在那一塊地盤上，從事別種生意的人都得經快活林的允許才能去「趁食」，這不是「非法控制」？這種影響在一個小城裡還不夠大嗎？符合第三條；……如是觀照，「黑社會組織」的基本要素蔣門神、施恩哪條不具備？既然同屬於「黑社會組織」，究其實，施恩和蔣門神爭奪快活林就不過是「黑吃黑」。

而武二郎卻顯然沒有看到這一層，或者對此全無興趣。按說施恩對武松是夠推心置腹了，快活林賺錢的秘訣、他的組織的內幕，都已向武松和盤托出，可是武松聽完這一番介紹，第一句話卻是徑問：「那蔣門神還是幾顆頭，幾條臂膊？」看來，施恩雖然說了許多，但武松只對蔣門神「有一身好本事，使得好槍棒」這一句最上心。這一問只是透出他對施恩所講的蔣門神的武藝不服氣，他在想：有這麼厲害的人嗎？你施恩可曾見識過我打虎英雄的手段？除此以外，快活林酒店易主的過程中，有沒有是非曲直，顯然並不是他關心的重點。

施恩父子給了武松一些優待，天天好酒好肉，給他戴了幾頂諸如「大丈夫」、「義士」、「神人」的高帽，武松便感激涕零了，死心塌地的願意為施恩父子驅馳，似乎絲毫不知這不過是別人籠絡他的手腕。當然作為「黑社會」中的不同個體，施恩與蔣門神可能還有區別，這就是施恩本人相對地比較重哥兒們義氣，在武松落難後還會鼎力相助，這沒什麼奇怪，就像當代也有義氣濃厚的「黑社會」老大一樣，可這種義氣卻顯然不能改變「武林醉打蔣門神」事件的性質：一邊懲惡，一邊幫兇。武松鐵拳打倒蔣門神，讓他交出了快活林，正和蔣門神逼走施恩一樣，只於施蔣兩人有切身利害，對在快活林周圍做生意的各色人等來說並無多少積極意義，甚至還有負面影響，書中說施恩奪回快活林後，「各店裡並各賭坊兌坊，加利倍送閒錢來與施恩」，也就是說其他生意人的負擔更重了，這也很好理解，施恩「如此賺錢」的「業務」被蔣門神搶佔了這麼久，他現在哪有不加倍找補回來的道理？施恩當然是要對武松千恩萬謝的，但現在那些被加倍盤剝的生意人，也應該去感激武松嗎？其實，施恩之所以肯對武松「投資」——這點「投資」對管營的公子來說，真連九牛一毛都談不上，也不過是看準了投資後的豐厚回報。可笑武松被別人的小恩小惠迷住了眼卻不自知，他答應助施恩重奪快活林的當日，居然還振振有辭地說：「憑著我胸中本事，平生只是打天下硬漢，不明道德的人！」喜歡打天下硬漢，這倒真是武松這等豪傑的共性，對方越「硬」越能撩撥起他們的好勝之心，可要誇口

說只是打天下不明道德的人，則我們就不知道什麼是武松追求的
「道德」了。

　　一個人糊裡糊塗被人當槍使上了，這還不是最可悲的，最可
悲的是他對自己的角色全無認識，還自以為是在抱打不平替天行
道。我為堂堂武二郎一哭。

五 王倫的宿命

　　「白衣秀士」王倫是《水滸》中的一個尷尬人物。論地位，他曾貴為山寨之主，可是卻全無立威之術，以致這個寨主之位不過是紙糊的桂冠，吹彈即破，最終枉送了卿卿性命，千百年來還落了個「妒賢嫉能」的惡名，受盡後人恥笑。其實很少有人思索一個問題：如果王倫慷慨收留了晁蓋，王倫的命運又會如何呢？

　　常言說「勝者為王，敗者為寇」，如果是「寇」中再進行一番淘汰，敗下陣來的恐怕除了將性命給人拱手送上，連落草的機會都沒有了吧？沒辦法，這就是殘酷的江湖法則。王倫當然算不得人中之龍，不過好歹梁山泊的事業是他奠定的，後來宋江受招安前夕，對大小頭領發佈了一個關於梁山泊事業發展的總結性講話，起首就不能不提到這位久已被好漢們遺忘的王寨主，不得不說「自從王倫開創山寨以來」云云。不知道宋江如是總結，出於一種怎樣的心理？其實王倫的遺跡已全部清除殆盡，王倫的舊部杜遷、宋萬等人既無多少本領，而且也貪圖今日享樂，註定不是敢為舊頭領說話的人，在為梁山泊作史時，宋江即使全部將王倫抹去，想必也不會有多少麻煩吧？看來到底還是古人淳厚，即使是機變百出的宋江，仍然不敢公然將歷史遮蔽。

　　王倫的才幹和能力十分平庸，但這也要看和誰比較，怎樣比較了，和宋江、吳用等相比自然差了許多，但如果放到討生活的一般百姓中，和常人相較，毋寧說還有相當優勢，試想一下，會有多少人因為考場上落榜就想起去落草造反，還能被杜遷、宋萬等一干莽漢擁戴為頭領？也就是說，如果把王倫放到一群普通人中，比如和我等凡夫俗子一起在生活中競爭，一定會有勝無敗，不幸的是，現在要和他競爭的不是我等庸才，而是一群非凡之輩。才幹差點，勇力弱點，也未必就一定是失敗者，幸乎不幸乎，王倫的心術還沒有「壞到家」。作為一寨之主，面對一群過江猛龍，他的疑忌應該說還是緣於一個人自保的本能，而批判人的一種本能是沒有道理的。更何況，從後來事實的發展看，王寨主的疑忌充滿了先見之明呢！真正值得王倫在九泉下「檢討」的，不是他不該疑忌過江猛龍，而是在疑忌心理的驅使下，卻採取了毫無效果乃至適得其反的舉措。從《水滸》中可以看出，面對晁蓋等人的入夥請求，王倫固然有自己不能不打的小算盤，害怕這些人搶了自己的寶座，必欲排擠之，可是從頭到尾，他都只會用些小孩子辦家家酒的辦法，諸如給人臉色看啦，故意為難別人一下啦，這都只是平民小戶不歡迎客人的方式，滿心指望不速之客們會看主人臉色，識趣一點，趁早辭行了事，可是晁蓋等人哪裡會是一般的客人呢？王倫所能想到的最屬害的招數也只是希望破財送神，應該說，這已經達到了普通人思維的局限，很少會有主人因為不歡迎客人，為了打發客人滾蛋，還會想到去賄賂客人的。可是問題在於這終究只是凡人的思維方式，而晁蓋他們明

擺著不是凡人。我常常奇怪，王倫雖是一白面書生，但在江湖行走已久，他難道不知江湖險惡，不知弱肉強食的江湖法則？為維護一己之權位，他難道從來就沒有想過要用陰毒的方法，對威脅自己地位和利益的人一個「徹底解決」？須知林沖、晁蓋等人固然勇武過人，但畢竟人少勢單，強龍難壓地頭蛇，且初來乍到立足未穩，局勢還全然在王寨主的控制之下，這個時候，他只要稍稍動動歪腦筋，甚至也許只是接風宴席間一杯酒的事，結局都將判然有別。對於一個老江湖來說，這些都不過是雕蟲小技，王倫焉能不知，可是他最終摒此而不為，究竟顧忌什麼？江湖的名聲？還是對英雄多多少少存有一種憐惜之意？這已經是一個謎了。

反觀另一個陣營，卻是全然不同的路數。晁蓋等人到梁山的第一個晚上，王倫設宴洗塵，當夜吳用就定下了「教他本寨自相火拼」的計策，並如願以償引誘林沖墮入計中，當此之時，晁蓋等一干豪傑中並無一人對此表示異議，也沒有人擔心會因此而落下江湖罵名，相反個個歡喜莫名躍躍欲試，並各自為火拼做了精心的準備。到了林沖和王倫正面交鋒的時候，吳用等人無一言無一行不是刺激林沖當機立斷痛下殺手，可憐的王寨主終於在林沖「量你是個落第窮儒，胸中又沒文學」的斥罵聲中倒下了。吳用雖號稱「智多星」，其實誘使血性林沖火拼之計並不高明，但他們畢竟是成功者。

晁蓋、吳用成功了，為了達到這種成功，王倫是否必須死？在梁山泊的這一場「革命」中，或許動用暴力是一種必然，但暴

力肆虐到何種程度完全可以因人而異。依據情理判斷，只要稍稍使用暴力，稍稍顯露手段，就會讓王倫這個手無縛雞之力的落第秀才嚇破膽，也就是說，晁蓋奪位也許真是順應了「天命」，也許真對「革命」事業有利，但這個寨主寶座是否坐穩，與王倫是否要流血並無必然聯繫，不一定非得讓舊頭領王倫付出生命的代價，晁蓋本來是可以在王倫臣服之後和平登位的。以王倫的才具和他在奪位過程中的表現，尤其是考慮他非常脆弱的「群眾基礎」，晁蓋入主梁山，即使給舊頭領王倫一席之地，讓他吃好喝好，養著他，他也不會給新寨主帶來任何實質性威脅，充其量也只是躲在梁山一角，吟幾首小有牢騷的歪詩罷了，可那不是以尚武為風的梁山一道頗有趣味的風景，可以讓眾好漢尋尋樂子嗎？

新舊政權的替換中，不一定非得流血和死人，雖然在中國歷史上，在絕大多數時候，皇帝寶座的輪換中，伴隨著可怕的血腥殺戮，很少有江山的新主會對一個好好活著的舊主不「惦記」、「上心」，但也並非沒有特例，宋朝的開國皇帝趙匡胤不就沒殺「讓位」的後周皇帝，還給了柴氏後裔相當的禮遇嗎？你盡可以說這是趙匡胤的虛偽，然而虛偽總比流血要好吧？朝廷、梁山，一朝一野，這兩種對比真是意味深長。

王倫並非必須死，而事實是他最終丟了卿卿性命。因為他碰上的不是趙匡胤，而是晁蓋和吳用。歷來讀《水滸》的人都說是小肚雞腸害了王倫性命，這都是皮相之論。其實在晁蓋等人踏上梁山之始，王倫的命運就已經註定了。只有全無城府一派天真的人才會認為，如果王倫肯容納晁蓋等人，他就仍然能夠安安穩

穩地做他的寨主。試想一下，晁蓋等人膽子大手段辣，更兼好身手，這種人豈能長做池中之物？其實在火拼之前吳用的一席話已經透露了天機，他對晁蓋說這一回定叫晁蓋做山寨之主，這就表明這一干人的目的絕非僅僅在梁山棲身，而是早有雄圖大略的。至於林沖火拼之後，吳用等人虛推林沖做寨主不過是使這齣好戲多了層滑稽色彩罷了。

追根溯源，王倫的悲劇不在於他氣量狹小容不得人，而在於他本是一落魄秀才，文不得武不得，且臉不厚心不黑，不會使陰辣招數，卻偏偏坐在了讓那些刀尖上討生活的人個個垂涎的寨主寶座上。古語說「匹夫無罪，懷璧其罪」，意思是一個無權無勢無勇的小老百姓安份守己過日子就很好了，如果居然還藏有一塊稀世寶貝，那他的安穩日子是註定長不了的。王倫沒錯，即使他全沒本事還妒才嫉能，這也不是他必須死的理由，因為世上這樣的人多了去了。王倫錯就錯在他是寨主，而且上天沒有給他選擇對手的權利和機會，偏偏面對的是晁蓋和吳用等一干非凡之輩，而王倫偏偏又還要用常規辦法去抗衡，所以王倫血濺聚義廳就是一種邏輯的必然了。

當日林沖手提尖刀，怒斥王倫：「量你是個落第窮儒，胸中又沒文學，怎做得山寨之主！」金聖歎在「胸中又沒文學」句下批道：「即有文學又奈何？」此批妙絕，江湖哪裡是講文學的地方？

「沒面目」扈三娘

　　讀過《水滸》的人都知道，「沒面目」是書中一個叫焦挺的好漢的綽號。可我總覺得，這個綽號用在扈三娘身上最為貼切，因為除了最初的「閃亮登場」，後來的扈三娘就是個沒有個性、沒有風格、面目模糊的機器了。這本來是極不正常的。想那扈三娘，英姿颯爽，原係人人稱頌的女英雄是也，怎麼會如一朵曇花，剛剛開得那麼明豔，衰敗卻如此之速？

　　當日梁山興兵去攻祝家莊，因扈家莊、李家莊、祝家莊三莊聯盟，扈三娘曾讓梁山好漢頗吃了些苦頭。「一丈青單捉王矮虎」那一回書何其生動明快！「王矮虎初見一丈青，恨不得便捉過來，誰想鬥過十合之上，看看的手顫腳麻，槍法便都亂了。不是兩個性命相撲時，王矮虎卻要做光起來。那一丈青是個乖覺的人，心中道：『這廝無理！』便將兩把雙刀，直上直下砍將起來。這王矮虎如何敵得過。撥回馬卻待要走，被一丈青縱馬趕上，把右手刀掛了，輕舒粉臂，將王矮虎提脫雕鞍。……」透過這一段快文，通過色狼王矮虎的視角，一個武藝超群、色貌如花、冰雪聰明且未經濁世污染的女英雄呼之欲出矣。《水滸》一

書中女性鮮以正面角色出現，唯獨英姿颯爽的扈三娘，才讓人油然而生愛憐和敬重。

最初亮相的扈三娘給了讀者最大的驚喜，但此後卻出乎意料地面目極度模糊起來，尤其令人奇怪的是並非沒有足夠的情節讓她一展身手，張揚個性。女英雄的人生轉捩點在哪裡？

從「政治聯姻」說起

在聯盟互保的扈、祝、李三莊中，應該說以扈家莊的實力最為弱小，能夠拿出來作為招牌的就只有一位扈三娘，而其地位卻頗為微妙，因為扈三娘已經許配給了祝家莊的第三子祝彪。不知道扈三娘對這場婚姻的態度如何，但從扈三娘在戰場上表現出的豪傑氣概，反觀祝彪在既是同盟者又是父執輩的李應面前的無禮，可以判定，這絕不是一個讓扈三娘中意的美滿姻緣。最弱的扈家莊，寶貝千金許配給了最強的祝家莊的三公子，這當然是一種自保的本能，是一場典型的「政治聯姻」。

但凡是政治聯姻，其中定有強勢的一方和弱勢的一方，誰對聯姻抱有更多和更迫切的需求，誰就必須自居下風。在扈家莊和祝家莊的聯姻中，雖然是互利關係，但扈家莊明顯更需要祝家莊一些，其相對弱勢的地位應該是很清楚的。央視籌拍的《水滸》電視劇為了突出表現扈三娘，就特意安排了幾個祝彪向扈三娘討好獻殷勤的鏡頭，實在是沒有勘破這場政治婚姻的本質，試問，一個地方豪門的貴公子，哪兒會差幾個嬌娘美女呢？而正是三莊

的這種強弱之分，滋養了祝家莊對其他兩莊的輕視，這不僅僅表現在祝彪對李應的驕橫上，扈三娘被擒後祝、扈兩莊的各自為謀更是一個鮮活例證。

扈三娘的被擒，於扈家莊而言當然是不可承受之重，這其中不僅有血緣親情，也應該還有利益，因為扈家莊只有扈三娘武藝出眾。而對祝家莊來說，儘管扈三娘是自己莊上未過門的媳婦，這種份量卻無疑減輕了許多。可以認為，正是基於這樣一種現實利害關係的考量，導致了祝扈兩莊各自不同的動作。在扈家莊這邊，我們看到，是由扈成出面，「牽牛擔酒」，偷偷向宋江陪罪輸誠。扈成在這樣做之前，不會沒有一番深思熟慮，深思熟慮之後還要選擇這樣一種背約而屈辱的方式，顯然表明，扈成已經意識到，這是唯一可行的辦法，而如果採取另外的舉措，比如和祝家莊共議等等，都不會在解救自家妹妹方面取得任何成果。這樣一種判斷自然是以扈成對祝家父子平日的觀察為基礎的。如果祝家莊向來尊重扈家莊，以兩莊這種聯姻的非常關係，在扈三娘失陷以後，扈成選擇的絕不會是偷偷去向強人陪罪，而應該是趕快去聽聽祝家莊的意見，以決定對策。祝家父子也許至死都不會想到，正是自己往日對同盟者的驕慢、不以為意，鑄就了聯盟的分崩離析和自己滅亡的結局。

對扈三娘來說，這樣一場政治聯姻是她無法選擇的。她也許為此而有輕微的失落感，但平心而論，她不太可能有更多的想法，畢竟祝家莊和祝家的公子，以當日之觀念，在婚姻的天平上

　　還是有相當重量的。所以，扈三娘的人生之花仍然還能開得那樣燦爛，並在抗擊豪強的戰鬥中盛開到極致。

　　可惜，極致之美往往只有一次。

不按牌理出牌的對手

　　宋江攻打祝家莊是扈三娘人生的真正轉捩點，作為一個莊主的千金，挺身與豪強相抗，你說她意在維護地主階級利益也好，旨在保境安民也罷，都無法否認這種抵抗的正義性。有抵抗便會有勝敗，這本來也極正常，不正常的是她碰上了一群不按規則出牌的對手。

　　這是一個什麼樣的對手呢？

　　祝家父子自有取死之道，而扈家莊的悲劇卻太突兀了一點。扈家莊在扈成的那次輸誠中，本來已和梁山約定投降，可是當梁山大軍攻破祝家莊村寨後，順路就拐進了扈家莊，偏偏又遇上李逵「殺得手順，直搶入扈家莊裡，把扈太公一門老幼，盡數殺了，不留一個，叫小嘍囉牽了有的馬匹，把莊裡一應有的財賦，捎搭有四五十馱，將莊院門一把火燒了」！古語不就說「殺降不祥」嗎，何況扈家還是最後決戰中的內應？……質問是沒有用的，因為別人只是「殺得手順」！

　　家中一門老幼皆死於非命，這於一個妙齡少女，是何等慘痛的人生悲劇！也許我們這裡還應為扈三娘慶幸，幸好她被擒後就

被宋江差人連夜送上梁山泊去，交給了那宋太公「收管」（好一個「收管」！），沒有親見這樣的家族慘劇！

如果說「殺降」對梁山泊來說，還不是什麼了不得的事，那麼在把別人一家殺淨之後，緊接著為其提親，就更顯其「不按牌理出牌」之絕技了。然而以我們對宋江的瞭解，這可能猶在意料之中，我們最感驚異的，是扈三娘在「不按牌理出牌」的對手面前，表現出來的非同尋常的態度。書中說的明白：梁山踏平三莊後，大擺慶功宴，「女頭領扈三娘、顧大嫂，同樂大娘子，……在後堂飲酒」。在這個時候，即使資訊傳遞得太慢，家族的不幸消息也斷然傳到了扈三娘的耳朵吧？這個未經多少人生變故的女孩子遭逢這麼大的劫難，還會「在後堂飲酒」？自然，強人環伺，形格勢禁，身懷家仇的人無法表達自己的憤怒可以理解，但她怎麼也不會在所謂慶功宴上痛飲慶功酒吧，何況這慶功酒中分明激蕩著她家族的血海深仇？更奇怪的文字還在後頭。次日，宋江在聚義廳上為王矮虎提親，「今朝是個良辰吉日，賢妹與王英結為夫婦」，「一丈青見宋江義氣深重，推卻不得，兩口兒只得拜謝了。晁蓋等眾人皆喜，都稱頌宋公明真乃有德有義之士。」宋江當初在清風寨壞了王矮虎的好事，正好借「賢妹」做個人情籠絡人心，這當然不是什麼「義氣深重」，扈三娘此際也委實「推卻不得」，但這種熱鬧喜慶的場面緊接在一場血腥的屠殺之後，僅「推卻不得」等寥寥數語是否太草率了一點？剛剛失去所有親人的女英雄在這種狂歡中又扮演著怎樣的角色？現在，像宋江這樣受天下好漢擁戴的人收自己為乾妹妹，自己又有了一個像

宋太公這樣的「義父」，彷彿又有了天倫之樂，然而這是怎樣的「親人」、怎樣的天倫之樂啊……面對在這麼短的時間裡發生的一切，一個小女孩子是怎樣適應過來的呢？我想，世界上再偉大的演員，也絕不可能做到像扈三娘這樣，能夠如此平靜地面對如此慘烈的人生！《水滸》電視劇似乎為了說服對這場婚姻難以理解的觀眾，平白加了一場洞房對打的戲，打著打著就沒聲息了，這是表明王矮虎最終以實力征服了扈三娘？但這可能嗎？如果不可能，那麼意在說明扈三娘最終服從了情欲的支配？這種輕薄對扈三娘而言，難道不是另一種殘忍嗎？

政治聯姻中的祝彪不會是扈三娘心目中的佳偶，而現在王矮虎這個好色的手下敗將呢？一個色藝俱佳未經人世的女孩，突然遭逢家族大難，又突然被強配給一個人品、武藝俱劣的男人，她心中究竟泛起了怎樣的波瀾？《水滸》沒有告訴我們分毫。我們只是在後面的章節中看到她偶爾和夫君一起上陣廝殺，沒有任何讓人驚喜的亮點。倒是宋江征田虎一役中有一幕馬戰頗堪玩味：對方陣營中女將瓊英出戰，「矮腳虎王英看見是個美貌女子，驟馬出陣，挺槍飛搶瓊英。……王矮虎拴不住意馬心猿，槍法都亂了。瓊英想到：『這廝可惡』覷個破綻，只一戟刺中王英後左腿」。這一幕讀者當然是似曾相識的，不知道觀戰的扈三娘是否還能記起什麼，我們只看到「扈三娘看見傷了丈夫，大罵『賊潑賤小淫婦兒，焉敢無禮！』飛馬搶出，來救王英」。扈三娘最後的結局是為給王英報仇，而死在了敵手的「一塊鍍金銅磚」之下。作者還感歎了一句：可憐能戰佳人，到此一場春夢。其實，

扈三娘何嘗做過什麼夢，或者說即使有什麼夢，也被她諱莫如深地掩藏了吧？

自扈三娘上梁山，一個英姿颯爽的女英雄就這樣淹沒在了一個曾造成她家破人亡的大集體之中，她的情感、心理、欲望都無關痛癢，愛與恨、情與義的糾葛也那麼無足輕重，於是乎，最初讓讀者驚喜的扈三娘面目模糊了，我們看到的只是一個以替天行道的名義砍砍殺殺的機器。

七 秦明：熄滅的「霹靂火」

　　數十年前，通俗小說大家張恨水先生寫過一本名叫《水滸人物論贊》的小書，各個篇章都是用寥寥數百字，臧否水滸人物，一澆自己塊壘，文字活潑生動，端的是一本極富趣味的好書。在〈秦明〉那一章，張恨水開宗明義，闢面就說：「百八人之入《水滸》，冤莫冤於秦明，慘亦莫慘於秦明矣。」初讀《水滸》的人想必都會奇怪：一部落草史，一部砍斫書，奇慘奇冤的人多了去了，張恨水先生為什麼要說遭遇最冤最慘的是那個「霹靂火」呢？秦明之冤，冤在何處？秦明之慘，又慘在何處？

　　秦明一出場便性格鮮明。書中說他「因性格急躁，聲若雷霆，以此人都喚他做『霹靂火』秦明。祖是軍官出身，使一條狼牙棒，有萬夫不當之勇」，當他剛一聽說「反了花榮，結連了清風山強盜，時刻清風寨不保」時，立即向上峰請命，「此事如何敢耽誤？只今連夜便去點起人馬，來日早行」。這裡已經刻畫出了秦明的三個特徵：一是勇武，二是性格急躁，三是對職守之忠誠。這樣一個秦明原本是寧願一死，也不肯上山入夥的，雖說在與強人的爭戰中失利，被花榮設計擒上山來，但究竟未失好漢本色，沒有說出一句苟且之言，即使是面對他素所聞名的宋江的勸

誘，仍然口口聲聲「秦明生是大宋人，死為大宋鬼！朝廷教我做
到兵馬總管，兼受統制使官職，又不曾虧了秦明，我如何肯做強
人，背反朝廷？你們眾位要殺時，便殺了我！」可惜的是他究竟
只是一個急躁無謀的武夫，只會以平常人的心思和智慧面對他的
對手，惑於觥籌交錯、稱兄道弟的江湖義氣，居然會在自己公然
拒絕落草後，還和對方輪番把盞，甚至「開懷吃得醉了，扶入帳
房睡了」！從這個「開懷」的描述中，可以看出，秦明是完全失
去了應有的戒備心理的。結果就在那一夜沉睡中，別人「借用」
他的頭盔、戰馬、兵器，扮成秦明的模樣，以他的名義把青州城
外「舊有數百人家」變成了「一片瓦礫場」，被「殺死的男子婦
人不計其數！」這個殘酷的夜晚決定了很多人的命運，除了隨後
不得不到山林中謀一棲身之處的秦明，青州城外「不計數」的
「男子婦人」糊裡糊塗丟了性命外，還有秦明的家小，顢頇的官
府沒有做任何調查取證工作，便簡單地認定秦明造反，將其家小
盡皆殺了，秦明妻子的首級被軍士用槍挑著示眾！這一切不過為
了一個目的，用宋江的話說，意在絕了秦明「歸路的念頭」，
「不恁地時，兄長如何肯死心塌地？」

　　幼時讀《水滸》，常有一些想不通透的地方，其中之一是，
宋江等人對人才的羅致為什麼會如此不惜血本不怕麻煩？而實際
上其中許多人物不過略具一技之長而已，添上一個固然不錯，少
他一個也未必會於大局有多大的損失。兒時幼稚，總以為宋江等
人真的愛惜人才。現在想來大謬不然。為什麼會不惜血本不怕
麻煩？其原因唯在於，這血本和麻煩在宋江等人眼裡根本無足輕

重，為求得一個他們想要的人，所需要付出的各種代價都不必他們自己去償付。在這種狀況和心態之下，於是，一幕幕「求賢」的悲劇上演了。而在這些劇目中，逼使秦明入夥是最殘忍的一幕，它讓人驚歎，「求賢若渴」這樣一個絕好的詞語，居然也會突然變得猙獰起來！

在《水滸》中，和秦明遭遇相似的還有朱仝。因為李逵摔死了五歲的小衙內，負有照管之責的朱仝也不得不上山入夥。但兩件相似的事件中，也有很大的區別，除了秦明付出的代價更大，無辜殞命者更多，整個事件更為血腥以外，還因為兩個主角不同的表現。朱仝痛恨李逵手段之毒辣，當著群豪的面也要一再和李逵拼命，而因性格急躁、聲若雷霆被人稱為「霹靂火」的秦明，在如此創巨痛深的人生大變故之下，怎麼反倒寂無聲息？《水滸》描摹秦明，多次用「怒挺胸脯」「怒不可當」「怒得腦門都粉碎了」等語形容其性烈如火，可是等到宋江和盤托出毒計時，秦明「見說了，怒氣攢心，欲待要和宋江等廝併，卻又自仁裡尋思」，尋思什麼呢？《水滸》作者給秦明安排了三條隱忍的理由，什麼「上界星辰契合」、「他們以禮相待」、「怕鬥他們不過」等等，在旁觀者看來都是相當牽強的，但就是在這三條十分牽強的理由面前，秦明很快軟化了態度，「你們弟兄雖是好意」云云。這哪裡是先前那個勇武、急躁、忠誠的「霹靂火」應有的表現？如此違反常情常理，違背秦明的人物性格，這究竟是為什麼？

　　《水滸》作者的筆墨當然是很高超的，不過也有很多前後失去照應之處。比如讓林沖家破人亡的是高俅，以林沖的磊落性格，這種刻骨的仇恨應該是至死方休，可是在高俅被擒上梁山時，我們卻沒有看到林沖那「仇人相見分外眼紅」的一幕，《水滸》作者似乎忘了，即使有宋江諄諄教誨的「政治大義」，這種滅妻破家之恨在一個血性男兒的心中都是不可能被澆滅的。這無疑應是作者的一個疏忽。難怪今人籌拍《水滸》電視劇，要讓林沖面對高俅因為有仇難報，結果只能氣急而死了。那麼現在秦明和林沖同樣遭逢家破人亡，生性急躁的秦明卻被作者安排為做小伏低，一點兒也沒犯「急躁病」，這是否也是作者的一個不應有的疏漏呢？

　　秦明的人生大結局也是和他的綽號很不相類的，一點兒也不轟轟烈烈：在宋江大軍征討方臘時，秦明和對方將領方傑進行馬戰，對方陣營中偷發一把飛刀，「秦明急躲飛刀時，卻被方傑一方天戟搠下馬去，死於非命。」書中對秦明之死感歎了一句：可憐霹靂火，滅地竟無聲。其實秦明哪只是死的時候「無聲」呢？這個人稱「霹靂火」的急性子早就鮮有聲息了。從他上山入夥始，至征方臘陣亡止，我們看不到這個原本性烈如火，又經歷了人生奇冤奇慘之事的男人有絲毫的心理波動。「霹靂火」為什麼熄滅了？也許各人自有各人的看法，也許這的確是作者描寫上的疏漏，不過也有可能背後透出了更多意味深長的消息，只是作者故意留下一點破綻，讓人去努力勘破罷了。

　　當日，秦明無奈避上山來，念念不忘「斷送了我妻小一家人口」，這自然是一個正常人本能的表現。這齣「求賢」戲的主角，一向禮賢下士，努力讓各路豪傑都有面子得實惠的宋江說出了一番撫慰的話，真是字字驚心！書中寫道，宋江安慰飽受喪家之痛的秦明說：「若是沒了嫂嫂夫人，花知寨自說有一令妹，甚是賢慧，他情願賠出，立辦妝奩，與總管為室如何？」這是宋江的邏輯：不就是沒了老婆嗎？賠你一個就是了，兩清，而且還「甚是賢慧」，連帶送上妝奩呢，能不是一筆合算的買賣嗎？他當然不會認為「霹靂火」有爆發的理由，也許他壓根兒就不認為老婆在一個男人心目中會有多大的位置。我輩面對這番撫慰的話固然感到驚心動魄，當事人秦明呢？書中說「秦明見眾人如此相敬相愛，方才放心歸順」。這樣一種「相敬相愛」當然為我等庸人所無法理解和承受，秦明卻彷彿相當受用。這不正常，對這種「相敬相愛」感到受用的只能是宋江一流人，而不應該是原本那個勇武、急躁、忠誠的秦明。「霹靂火」為什麼會突然熄滅？在我看來，「霹靂火」的這種異乎尋常的突然熄滅更像是緣於內心的恐懼。為了賺自己上山，不惜賠上無數無辜者的性命，這是怎樣的妙計啊；為了讓自己不記掛無端殞命的老婆，很快就會張羅一個，作「抵帳」之用，這是怎樣的邏輯啊。正是那讓秦明家破人亡的「妙計」和常人無法理解的邏輯，使他更深刻地認識了自己和對手，他從此知道，在這樣一些能隨心所欲運用如此陰毒招術，而且具備非常人思維的對手面前，自己除了俯首貼耳任其驅

馳，不能再有其他的選擇了。如果他有任何的異動，哪怕只是思想異動，他都註定是一個失敗者，而且註定逃不出他們的手掌。

於是，「霹靂火」熄滅了。他把自己的痛和恨深深地掩藏了起來，直至「滅地竟無聲」。「霹靂火」秦明是梁山泊最成功的「忍者」，他的忍耐的功夫已經達到了極限，只是這背後有太多的血和淚。

八 從晁蓋看「反骨」

「反骨」這東西，最經典的表現是在《三國演義》裡，據說蜀國大將魏延腦後就有「反骨」，唯諸葛亮能識，所以他始終要抑制魏延，並算定長有「反骨」的魏延在其身後必反，而諸葛亮一死，魏延果然造反，也果然被諸葛亮生前安排的妙計收伏了。

怎樣鑒定「反骨」呢？可惜史書上沒有傳下來孔明先生的方法。而據我看，識破魏延「反骨」和諸葛亮借東風一樣，後人都是把孔明根據客觀對象、環境、條件而精密觀察得來的結論給神化了。世上未必真有「反骨」，諸葛亮之所以預料魏延在他死後必反，那是建立在他對魏延平素的認真考察基礎之上的。就因為魏延平日驕橫跋扈，不安本職，只不過憚於諸葛亮的威名，在他生前還有所克制罷了。那麼一旦諸葛亮不在人世呢？所以，他認定魏延在自己身後必反，而為了自秘其術，於是又托出了「反骨」這個玄妙莫測的東西。

如果運用諸葛亮判斷魏延的方法，來看梁山群雄，其中可有長著「反骨」的人物？有的，第一個就是晁蓋。

晁蓋的身份本來是「東溪村的保正」。何謂「保正」？這是王安石變法，在農村創立的「保甲」制度的產物，在一個村子裡

選出一個保正，負責當地的治安，傳達官府的號令，並向上通報民情。按照這種制度設計，「保正」實為大宋朝官與民之樞紐。可是晁保正平日做些什麼呢？書中說得明白，「專愛結識天下好漢，但有人來投奔他的，不論好歹，便留在莊上住；若要去時，又將銀兩齎助他起身。最愛刺槍使棒，亦自身強力壯，不娶妻室，終日只是打熬筋骨」。喜歡舞槍弄棒、結識好漢倒也沒有什麼，可是為什麼會「不論好歹」呢？一個受官方指令，負責地方治安的保正，專愛結識好漢，而且不論好歹，其用心不令人生疑嗎？

如果當時在晁蓋身邊就有諸葛亮一流人物，我想他必然會從晁蓋的平日舉止上得出一個判斷：這位晁保正大不尋常，是個長有反骨的人物！即使現在反跡未露，也要細加提防。可惜當日晁蓋身邊沒有諸葛亮似的一雙眼睛，終於成就了晁蓋「智劫生辰綱」、梁山聚義等一番驚天動地的事業。

「反骨」質疑「革命」的合理性

晁蓋領著一干人劫取了生辰綱，後來又殺奔梁山，打家劫舍，過起了大塊吃肉大碗喝酒的快活日子。對晁蓋的這些行動，向來有三種視角，一種是代表當時主流價值取向的，俯視的角度，稱之為「犯上作亂」；一種是相對中立的，平視的角度，稱為「造反」、「民變」，或者「暴亂」；另一種是後人將歷史理

想化的產物，因為理想化，所以是一種仰視的角度，尊稱為「起義」，或者「革命」。

在「革命」話語喧囂一時的時候，晁蓋「革命領袖」的形象是越來越高大了。只是，晁蓋的「反骨」已經在質疑「革命」的合理性了。

但凡建立一種統治，要講究合法性，起而推翻之，也應該有一定的合理性。一般說來，「革命」的合理性建立在以下方面，要麼是原來統治的不人道已經讓人無法生存下去，要麼是一種新的理論形態，給人指出了一條雖然虛幻但美麗的前景。

晁蓋是個粗人，他似乎並未想到要勞神費力去尋找什麼「革命」的合理性。面對生辰綱的誘惑，他說服自己的只是一個樸素的理由：不義之財，取之何礙！但如果要把他推上「革命領袖」的寶座，則必須找出一些他捨保正而不為，轉而從事「革命」事業的合理性。在我看來，這種尋找是非常困難的。因為晁蓋在劫取生辰綱前，他不僅沒有遇到任何來自主流勢力的威脅和凌逼，主流勢力而且還要格外倚重他，讓他做一村的保正，充當「官」和「民」的仲介；他的生活也是豪奢的，排場極大，「山東河北一帶私商都投奔與他」；他在社會上的人脈也極深厚，各個方面的人士都有交接，「天下義士好漢」喜歡投靠他，負責地方刑事偵察工作的兩位都頭朱仝、雷橫也和他稱兄道弟，堪稱八面玲瓏左右逢源。他對大宋朝還會有什麼不滿呢？如果說他萌發「革命」動機，並不是因為自己的遭遇，而是對身邊貧富懸殊善惡顛

倒的社會現實不滿，那麼我們為什麼只看到晁蓋周濟江湖好漢，卻從不見他照顧身邊的孤苦寒士？

一個負有維護地方治安之責的保正，「專愛結識天下好漢」，已自可疑；「不論好歹，便留在莊上住」，此人之不守本份，豈不是昭然若揭？他要造反或曰「革命」，端只看社會是否給了他足夠的機會，哪裡還需要什麼合理性？所以，一旦生辰綱浮出水面，他就會立即謀而奪之，雖然他本人並不差這點銀子花，而他搶銀子也並不是為了去周濟窮人。說到底，支撐他採取這種為主流價值所不容的行動的，只是他那種不安份的本能。

像晁蓋這樣的人，只要社會出現一絲縫隙，讓他感到可以大施身手，他就會耐不住寂寞。這跟當時他所處的社會是否有序常常並無必然聯繫。社會有序他「反」，社會失序他更要「反」，加一個「反骨」的諡號，不是很恰當嗎？

「反骨」對社會的破壞性

如果用考察晁蓋的視角看水滸英雄，長有「反骨」，社會有序他反，社會失序他更要反的人其實還不乏人。顯赫的如吳用，更等而下之的還有張橫張順、穆春穆弘兄弟。

與那種「官逼民反」範式比較，像晁蓋這一類人的造反，哪一種對社會的危害性更大呢？顯然是後者。在「官逼民反」的範式下，雖然也會給國家和民眾帶來巨大的震盪，但一個有良知的人卻不能因為這種代價，就徹底否定底層民眾反抗暴政惡法的權

利。更重要的是，就因為「民反」是「官逼」的結果，常常不得不迫使人們依照這種線索去尋找解決問題的路徑，這也是在「官逼民反」範式下，在一次次巨大的震盪之後，社會關係往往能夠得到調適，生產力還能夠進一步發展的根本原因。前輩史學家總結說，有一種「讓步政策」，應該是頗有道理的。

可是天生長有「反骨」的人造反，卻就大不一樣了。因為這一類人社會有序可能反，社會失序更可能反，他要尋找和等待的只是一個機會而已，所以旁觀者很難從他們的起事中找出社會究竟存在哪些問題。而如果不幸他們等來的機會偏偏在一個有著良好秩序的社會裡，那對底層民眾來說，就更不是福音了，因為這樣的秩序，在中國歷史上本來並不是非常富足的。還有一點，晁蓋這一類人的造反還可能誘導人心風俗向極壞的一面發展。中國歷史上揭竿而起的雖然不少，而以中國老百姓的淳樸，不到萬不得已，是不會走上這一條道路的，造反對他們來說真是最為無奈的一種選擇，而晁蓋的行動卻明顯在向他們暗示：打破主流價值和秩序，並不一定非得要有什麼理由。這樣一來，一個正常有序的社會還怎樣維持下去呢？不妨打一個比方，同樣劫取生辰綱，如果一個主角是在官府豪強欺壓之下，陷於饑寒交迫、命不保夕的人，另一個主角則是像晁蓋這樣在社會上呼風喚雨的人，雖同為劫奪，其對人心風俗的影響肯定是不一樣的。前者很可能會喚起一個正常人的悲憫和同情，而後者則只會撩起人們對世間財富的覷覦之心：晁蓋這樣的人都還要想方設法大發橫財，我為什麼不可以呢？

　　長有「反骨」的人終於等到了大顯身手的機會，可惜這於社會中的多數分子來說，都並不是一件值得慶幸的事。這種人只有破壞性而絕不可能有什麼建設性，硬要派定他們「替天行道」只能是歷史的誤會和歷史家的誤讀而已。

九 晁蓋與宋江

——關於江湖組織的「領袖論」

　　晁蓋，宋江，一個老天王，一個新天王。在用政治眼鏡讀《水滸》的年代，前者被奉為「革命路線」的領導者，後者則是「投降路線」的帶頭人，於是，如果要說晁蓋與宋江之間有著某種不協調，就是因為存在著路線的鬥爭；自從宋江上了梁山，就一直在精心預謀，有計劃有步驟地去篡奪晁蓋的領導權。

　　用美學術語說，這種解讀當然是一種「過度闡釋」，也許有一定的合理性，但明顯越過了文本。就《水滸》文本而言，在梁山的晁蓋時代，在晁蓋身亡之前，宋江從來就沒有透露過他的接受招安的念頭，「路線鬥爭」從何說起？

　　不過，如果有一定的閱讀敏感，就不得不承認，在晁蓋、宋江這兩代天王之間，的確有一種非常微妙的東西。

　　美國人寫過一部《領袖論》，那是討論市井社會的，中國的江湖組織中，什麼樣的人配當領袖，領袖應當具有怎樣的素質，不同領袖之間的相處之道如何等等，討論者似乎還不多。且讓我們試著從晁蓋、宋江開始吧。

晁蓋、宋江關係考

考察晁蓋與宋江的關係，應該分為兩個階段。第一階段，是在宋江上梁山前，第二階段，是在宋江上梁山後。

在第一階段，晁、宋兩人可以說是互相仰慕和敬重，所以，晁蓋等人做下劫取生辰綱的驚天大案，宋江哪怕擔著「血海般關係」，也要走告於他，助其逃出羅網。這樣一來，晁蓋就自然把宋江視為自己的救命恩人。如何報答這樣的再生之德？在宋江上梁山之前，晁蓋關於宋江的所有行動，都是首先把這一層考慮進去的。

宋江與晁蓋，一方有救命之恩，一方竭力感戴，看上去，兩人出發點都是一個「義」字，認真探究還有細微之差別。宋江之救晁蓋，在水滸故事開展之初不會覺得奇怪，只會讓人覺得這宋三郎堪稱義薄雲天，但如果通讀全書，則定會困惑：宋江口口聲聲要忠於聖上報效朝廷，後來即使知道別人送來的是毒酒，也不準備反抗，真是愚忠到家了，這樣一個人物，當初明明知道晁蓋犯下的是為朝廷不容的彌天大罪，為什麼卻還會冒著那麼大的風險去救晁蓋？決定這一切的難道僅僅是江湖義氣嗎？我同意王學泰先生在《中國流民》（香港中華書局1992年版）對這一情節的細緻分析。王先生認為，宋江救晁蓋有純潔的義氣的因素，但也還有其他考量，即宋江把救晁蓋視為他的一筆「義氣投資」，他是指望回報的。後來我們果然看到宋江行走江湖時，數次以此為標榜，動輒「晁蓋是我們的心腹兄弟」云云，在刺配江州的路

上，宋江更是把「救晁蓋一節備細」說給與他邂逅相逢的每一個好漢，既是在誇耀自己的「義」，同時也有顯示自己與「江湖老大」關係很鐵的考慮，而這兩層作用，對一個在江湖行走的人來說，都是有極大好處的。

相對而言，晁蓋的感恩則單純多了。晁蓋等人經過林沖火拼和與官軍一場廝殺，剛剛在梁山安下身來，可以說原是一個百廢待舉的局面，晁蓋首先想到的卻是宋江的恩德，「俺們弟兄七人的性命，皆出於宋押司、朱都頭兩個。古人道，『知恩不報，非為人也！』今日富貴安樂，從何而來？早晚將些金銀，可使人親到鄆城縣走一遭，此是第一件要緊的事務。」最後在吳用的提醒下，才想到大敵當前，應該先商量屯糧、造船、制辦機器，計議如何迎擊官軍。從這一節描寫，固然顯示了晁蓋謀略之短，但也可以看出，宋江救命之恩一直橫亙於他的心頭。後來宋江失陷江州，晁蓋更是以梁山最高領導人身份，親自披掛上陣，劫走了宋江，其中很難有說什麼功利考量，完全是一片純粹的感恩之情。

在晁蓋與宋江關係發展的第二階段，宋江已坐上梁山第二把交椅，和第一頭領晁蓋、第三頭領吳用構成了梁山領導班子的「三駕馬車」。作為二把手的宋江，發佈的第一道命令是頗值得揣摩的。晁蓋、宋江兩人剛剛經過一番相互推讓，坐好了一、二把手的位置，宋江便對眾頭領道：「休分功勞高下，梁山泊一行舊頭領，去左邊主位上坐，新到頭領，去右邊客位上坐。待日後出力多寡，那時另行定奪」。在熟悉市井社會官場法則的人看來，宋江作為剛剛上任的二把手，在一把手坐鎮且未發言的情

況下，實在不宜發佈這樣一道指示。你要眾弟兄「休分功勞高下」，如果第一頭領偏偏原來準備的是讓兄弟們分出個功勞高下呢？一個二把手在手下幹部面前這樣大包大攬，是否想暗示些什麼？宋江明顯犯了官場的忌諱，而晁蓋卻全無反應，接下來，宋江下山去接他爹宋太公，晁蓋「放心不下」，急差赤髮鬼劉唐等人下山保護宋江。從這裡可以看出，晁蓋光明磊落多了，在宋江上山之初，他根本就沒想到去猜忌自己的救命恩人。

宋江漸漸在梁山扎下根來，他的威信隨著幾場大仗的勝利也越來越高了。而值得玩味的是，這幾場戰鬥，都是晁蓋意欲「親征」，卻都無一例外地被宋江以「哥哥是山寨之主，豈可輕動」為辭軟軟地擋了回去。一回兩回，兀自可用愛惜兄長的理由遮蓋，但再三再四，讓第一頭領脫離戰鬥，讓他不再去與手下幹部生死與共，卻有點說不過去。在江湖社會中，誰不知道顯示實力和手段是樹立威信的最好辦法？現在，二把手宋江對一把手晁蓋樹立威信、增進和兄弟們情義的任何機會，都意欲消滅於萌芽狀態中，即使晁蓋沒有什麼心計，也不能不會起疑心吧？雖然書中的晁蓋、宋江始終是一副「兄弟怡怡」的場面，但相互之間的猜忌還是有很多蛛絲馬跡可尋：打曾頭市，晁蓋堅持親自出征是其一；晁蓋臨死前，立下「哪個捉得射死我的，便教他做梁山泊主」的遺囑，是其二。

如果晁蓋不那麼早死，在梁山這個江湖組織裡，一、二把手的關係會演進到何種地步？我們可以根據一些歷史和現實的經

驗，進行種種豐富的聯想，但畢竟這只是想像。史文恭的那一箭來得頗為及時，為梁山解決了一個天大的難題。

晁蓋、宋江之比較

比較晁蓋和宋江，理應分兩層來講：一是看個人之品性風格；二是看這種個人之品性風格，於梁山這個江湖組織會帶來何種影響。

晁蓋自小與江湖中人交接，有一股豪俠之氣，而宋江學吏出身，久在官場中歷練，這也就決定了他們個人品性風格的差異：晁蓋較為單純，難免任俠尚氣，謀事不周不遠，宋江則心機深沉，好弄權術；晁蓋還有一定的觀念束縛，宋江則只要認準目標，就敢放手去做，而且無所不用其極。

晁蓋之單純，宋江之奸詐，在宋江初上梁山時，晁蓋讓位那一節有生動的對比。宋江被晁蓋等人救上梁山，晁蓋做的第一件事就是「請宋江為山寨之主」。看慣後來宋江動輒要讓別人坐第一把交椅的把戲，晁蓋的這個動作，似乎也在作秀，其實不然。「當初若不是賢弟擔那血海般關係，救得我等七人性命上山，如何有今日之眾？你正該山寨之恩主，你不坐誰坐？」晁蓋讓位時說的這一席話何等懇切！他要讓宋江坐第一把交椅，舉出來的都是非常過硬的理由，讓別人聽了都覺得以宋江之功，第一把交椅真該他來坐，而宋江推辭的理由卻是「論年齒，兄長也大十歲，宋江若坐了，豈不自羞？」這算什麼理由呢？須知江湖社會與市

井社會有一個很大的不同，就是根本不注重資歷。宋江偏偏只舉出晁蓋的年齡優勢，豈不等於說，除此之外，晁蓋要坐第一把交椅，就沒有什麼值得一提的本錢了嗎？

晁蓋身上始終有一股豪俠之氣，這種豪俠之氣的表現有二，一是不願意去欺凌弱小，二是還有觀念束縛，感覺有些事萬萬做不得，否則就會沒面子，讓人笑話。所以，在晁蓋時代，梁山雖然打家劫舍，但晁蓋總要叮囑不要傷人，江州劫法場，在那樣千鈞一髮的緊急情況之下，面對揮動大斧亂砍濫殺的李逵，「晁蓋便挺樸刀，叫道：『不干百姓事，休只管傷人！』石秀、時遷等人上梁山，晁蓋認為像這樣偷雞摸狗的勾當，實為英雄所不當為，差點要他們的腦袋，這也是觀念束縛的一種不自覺的反映。宋江則不然，他在籠絡人才方面，可以說是有才必錄不拘一格。宋江行事是典型的「只求目的不問手段」，在晁蓋看來，殺手無寸鐵又未與己為難的平民百姓是一件不光彩的事，而宋江只要有所需求，縱是血流成河也在所不惜，計誘秦明落草那一回中，宋江的這一特點表現得淋漓盡致！

相較於晁蓋的豪俠氣，宋江更多的是一種流氓氣。流氓氣可能會讓一個安份守己的市井之人很不舒服，但對於像梁山這樣的江湖組織來說，一個頗富流氓氣的領導人，顯然更有利於其生存和發展，因為在這樣的領導人心目中，只有未想到的，沒有不能做的。這一點也為中國歷史所證明，最顯著的是項羽和劉邦的楚漢之爭，連別人烹自己爹都可以滿不在乎地說「分我一杯羹吧」，有流氓氣的劉邦就這樣最終戰勝了貴族項羽。

宋江坐鎮梁山後，做了兩件大事，是晁蓋做不了甚至也是想不到的。一是利用天書給兄弟們排座次。這樣以神道設教模式威懾群雄的絕妙辦法，晁蓋絕對想不到。晁蓋很可能連排座次本身都持拒斥的態度：大家都是手足兄弟，分個什麼尊卑上下呢？但正如我在後面〈梁山泊座次之謎〉一文中分析的那樣，排座次，使梁山不再是尊卑無序的亂烘烘的局面，是梁山事業發展的必經之路。晁蓋即使能夠想到要排這麼一個座次，他最容易想到的辦法也只能是相互比拼一下武藝。然而這種辦法看似公平，卻極不利於頭領操縱，何況其中還頗有一些好漢是很難分出高下的呢？宋江做的第二件事，更是梁山發展史上的里程碑事件：排定座次後，梁山上升起了一面「替天行道」的杏黃旗。不要小看這面旗幟，它表明，梁山已從一群打家劫舍的烏合之眾，轉變成為有了口號和綱領的強有力的組織，不管這口號和綱領，梁山上有幾人當真，在當時的社會環境下，對升斗小民還是很有鼓動性的。而在晁蓋時代，梁山只可能滿足於大碗吃酒、大塊吃肉、大秤分金銀的快樂，不會去尋求建立一套理論和行動綱領，而沒有理論和行動綱領的一個江湖組織，即使一時看上去非常強悍，也註定難以持久堅持下去。

對梁山來說，選擇宋江做其頭領，是一件正確的事。當然，所謂正確，也僅僅是對這個江湖組織自身利益而言罷了。

⊕ 盧俊義是怎樣聰明起來的

在《水滸》的讀者中，大概很少有認為盧俊義是個聰明人的吧？

這種感覺沒錯。不過，常言道「吃一塹長一智」，人總是在不斷變化中，何況盧員外的天資本來就不低呢？越往後讀，我就越要不自已地讚歎：盧俊義真是越來越聰明了！

原本不笨的盧員外

金聖歎讀到盧員外那一章時說，「盧俊義傳，也算極力將英雄員外寫出來了，然終不免帶些呆氣。」此種意見堪稱代表了眾多讀者的看法。

想想也是，一個大男人，空有萬貫家財和一身武藝，卻居然於不知不覺間讓管家給自己戴了綠帽子，梁山吳用不過略施小計，即墮入轂中，⋯⋯

但實事求是地說，這幾件事雖然的確很讓盧俊義失色，卻與他個人的天份沒有什麼關係。試想他既在北京大名府能夠成為「第一等長者」，哪裡是光靠棍棒功夫能夠奏效的呢？此人平素

之八面玲瓏、巧與各色人物周旋，從他享有的家財和聲譽，就完全可以想像得到。有一個細節很能說明問題：他雖然著了吳用的道兒，真以為有什麼血光之災，要出去暫避一避，但就是在這避禍中間，他還好整以暇，要管家李固「覓十輛太平車子，裝十輛山東貨物」，順便做一趟買賣呢！此人之精明老練、長袖善賈不是躍然紙上嗎？

探究盧俊義之所以在李固、吳用面前吃了那麼大的虧，根本原因不在於他的智商低下，而在於他的驕傲。其實，正是因為他的武藝那麼高，生意做得那麼好，人脈那麼深厚，前半生太過順利，所以他總是視天下人若無物。除了不可預知的老天，他不相信世界上還有誰能對自己造成什麼威脅，自以為真是「人莫予毒」。

一個過於驕傲的人往往聽不進逆耳忠言，所以燕青好心救主反倒還會挨打；一個過於驕傲的人會有一種自戀症，常常對自己的判斷達到迷信的程度，超出自己判斷以外的都難以被他接受，所以李固和盧俊義娘子在員外眼皮底下偷情，可能連一般常人都瞞不了，卻偏偏能在盧員外這裡輕易遮掩過去；一個過於驕傲的人，還常常低估別人，對迫在眉睫的危險視而不見，所以，吳用不過略施小技，就讓這個誇口要「把賊首解上京師請功受賞」的人跌進了陷阱。

驕傲的人往往並不笨，但只有他碰得頭破血流的時候，他才會清醒起來，並逐步把智商恢復到起始水平。盧俊義顯然就是這樣。

栽了跟頭之後

盧俊義心雄萬夫，不可一世，可惜他錯看了自己的對手。

「蘆花灘上有扁舟，俊傑黃昏獨自遊，義到盡頭原是命，反躬逃難必無憂」。這是吳用題在盧俊義家裡壁上的四句藏頭詩，合起首四字就是「盧俊義反」四字。這詩是極劣的，符合吳用三家村學究的身份，藏頭詩的勾當也平庸無奇，盧俊義之所以上當，原因正在他的驕傲。我們看他與梁山群雄惡鬥，一口一個「毛賊」、「草寇」，真是鄙視已極，他根本不會想到，自己很早就已經是別人張弓待捕的豬物。

吳用的詩雖然粗劣，但縱觀梁山計誘盧俊義的前後過程，卻不能不說，其心計之巧妙深沉，計謀之環環相扣，真是歎為觀止。其尤為奇妙的是，梁山捉了盧俊義，為了讓這個決心「生為大宋人死為大宋鬼」的人反水（江湖常用語，指「反戈一擊」的意思），將盧的家人提前釋放，卻又和最初的「盧俊義反」的反詩相呼應，終於將盧俊義逼到了非上梁山不能存身的絕境。

盧俊義當然不是笨人，可在吳用這樣的對手面前，卻終嫌略低了一等，何況他起初還那麼輕敵驕傲呢？

盧俊義栽了一個大大的跟頭，差點斷送了性命，等他二度上梁山時，其誠惶誠恐之心情是可以想見的。下棋的人都知道這樣一個規律，一個起初看不起任何人的棋手如果突然「猝敗」給了某對手，即使按棋力他並不差，即使這只是他第一次失敗，其原本繃得滿滿的自信心也會在那個對手面前完全崩潰，以致一

蹶不振。栽了跟頭的盧俊義幾乎就是這樣。我們看他二度上梁山，語氣真是謙卑到了極點，什麼「救拔賤體，肝腦塗地，難以報答」，什麼「但得與兄長執鞭墜鐙，做一小卒，報答救命之恩，實為萬幸」，與他第一次被賺上山，那種「要殺便殺何得相戲」、「盧某要死極易要從實難」的英雄氣概相比，何啻天壤！

也許有人說盧俊義的這種感激涕零全出真誠，因為沒有梁山的出兵，他就會死在大名府。但再深入地想一下，如果一開始就沒有梁山，管家李固再怎麼和員外娘子勾搭，再羨慕員外家產，再有能量，風頭又怎能蓋過盧俊義這堂堂「北京第一等長者」，把他置於要掉腦袋的境地呢？沒有梁山吳用的那個連環妙計，以盧俊義的武藝和聲威，李固始終只能在其羽翼下討生活，棄其量利用員外的粗心大意，偶爾私會私會員外娘子罷了。我不相信，盧俊義經過人生的大變故之後，痛定思痛，會一點兒也不清楚其中的恩怨曲直。

盧俊義的極度謙卑也許只能說明一個問題：他開始學會認識自己，並已經能夠正確認識對手。在知己知彼之後，他的謙卑只是一種生存策略罷了。

良賈深藏若虛

對自己和對手有了深刻認識的盧俊義逐漸聰明起來了。他成了深藏若虛的「良賈」。

他的第一個表現聰明的行動是拒當梁山泊王。盧俊義二度上梁山，差點被人推上梁山泊王的寶座。擁戴他的不是別人，正是雖然尚未名正言順登基，而實際上已成為梁山地頭蛇的宋江。面對宋江的擁戴，盧俊義以一副極為謙卑的態度，堅決拒絕。須知此時的盧俊義對宋江還全不瞭解，還沒有像後來那樣經常目睹宋江讓位好戲的機會，也就是說，宋江當時的推戴，於盧俊義來說完全是一個猝不及防的動作，盧俊義還來不及深思熟慮，摸清宋江的動機，面對突然變故，他的反應只是一種本能。而正是這種本能的反應在當時的情況下堪稱得體極了，也恰好說明盧俊義的智商已經恢復到了正常水平。

他的第二個表現聰明的行動是在生擒史文恭之後，儘管握有了履行老天王遺囑的最大本錢，卻仍然拒坐第一把交椅。晁蓋遺囑說得很清楚，誰能擒得射死他的便為梁山泊王，所以，盧俊義榮登正位也是名正言順，若是一個驕狂、頭腦簡單的人面對這種局面，只怕連幾句謙虛推讓的話都不肯說，便會急吼吼、大咧咧地坐上第一把交椅。但經過慘烈人生變故的盧俊義畢竟成熟起來了，他怎會不明白自己的處境呢？吳用使眼色慫恿眾位兄弟鬧風潮，好像生怕盧俊義不知深淺真登了大位，其實完全是多餘的。自己有多少力量，別人有多少力量，本來是一目了然的事，還用得著靠鼓噪來向盧俊義宣示麼？

他的第三個表現聰明的行動是順遂宋江之意，進行一場「奪鼎之戰」，而又輕易讓宋江取勝。宋江、盧俊義各領一軍各攻一城，以此來決定誰做梁山泊王，這本來是宋江的主意，是宋江巧

妙避開晁蓋遺囑的制約，給自己找的一個臺階。如果盧俊義不能窺破這層深意，真以為這是決定王位歸屬的公平的戰鬥，拿出十足精神和全副本領，贏了宋江，那豈不是斷了宋江的退路？在江湖社會中，自己沒有強大的班底，卻偏偏把羽翼眾多勢力雄厚的對手逼到了絕境，那簡直是在找死。以前那個只知做生意發財的盧俊義看來也對江湖有了頗深的認識，他同意去和宋江比拼，只是在做順水人情，因為宋江需要有這麼一個對手。而宋江更需要用一個對手的失敗來證明自己智略過人、合乎天意，所以盧俊義放任本來歸自己使用的吳用去給宋江獻計，甚至當那個善使飛石傷人的張清在他陣前囂張時，這個勇冠三軍的盧俊義也似乎從沒想到親自上陣，挫其凶鋒。在整個奪鼎之戰中，盧俊義給人的印象是太消極太敷衍，只是很少有人想到在消極敷衍的背後，隱藏著深刻的人生智慧。

他的第四個表現聰明的行動是貴為第二把手，卻對權力被攘奪的現實視而不見。盧俊義雖名為二把手，卻沒有什麼實際權力，宋江和吳用才是梁山的權力中樞，關於這一點，我在〈梁山泊的權力結構〉一文中還將細加分析。可以說，在梁山這個江湖組織中，盧俊義基本就是一個花瓶，而看樣子盧俊義對自己充當的角色一點兒也不在意。對一個原本心雄萬丈的男人來說，這是需要忍功的。在這一點上，盧俊義有點像那個霹靂火秦明，在深刻地認識了自己和對手之後，都不得不深深將自己本能的一面隱藏起來。相比之下，盧俊義的難度似乎更高一些，因為他終究還是名義上的二把手，需要經常在臺面上活動，注意的人也更多。

一個人裝著對權力被攘奪的現實不以為意很容易，但要演得出神入化，讓人家不以為你是偽裝，就很困難了。盧俊義達到了出神入化的境界。

他的第五個表現聰明的行動是越來越不顯山露水。有論者說盧俊義上梁山後，除了生擒史文恭一役，幾乎沒有什麼優異的表現和突出的貢獻，殊不知這正是盧俊義的高明之處。本來就是別人疑忌的對象，如果時時處處出風頭，會有什麼好處呢？不僅僅是置身江湖，在中國，很多時候，平庸才是你最好的保護色。盧俊義的江湖閱歷越深，他就會越來越聰明。

梁山以兩位領導人的名號樹著兩面大旗，一面「山東及時雨」，一面「河北玉麒麟」，不知當日那個韜光隱晦的盧員外看到迎風招展的這面大旗時，究竟會泛起怎樣的思想漣漪。

隻眼看 水滸

——說破英雄驚殺人

十一 關勝、索超們的悲劇

在梁山大軍中，有這麼一個獨特的集團，即原為大宋王朝之將官，後由於各種原因，匯入了這支江湖組織中。代表人物有楊志、花榮、秦明、索超、關勝、呼延灼、董平和張清。

雖然在梁山內部中，這群人趣味不盡統一，也未必就組成了一個有著共同利益訴求的小圈子小集團，但因其獨特之出身，還是常要被人另眼看待的。幾十年前，楊柳先生那本《水滸人物論》就對這批人曾經大搖其頭，分析說：「這些人的革命性是頗有問題的。不幸這種人在梁山泊中卻頗佔優勢，……他們在宋江的提拔和安插下，在梁山泊是佔有重要地位的。」

探討江湖組織的「革命性」，時過境遷，現在看來實在是一件滑稽的事情。所以，若要借此研究花榮、索超們上得梁山，對所謂梁山的「革命性」帶來了多大損害，也就顯得十分無謂了。不過，顯而易見的是，這個群體應該要算是大宋朝將官中的精英，而當時的大宋朝又分明不是一個刀槍入庫馬放南山的升平時代，邊疆多事本應是這群精英大顯身手的絕好機會，而事實是他們卻匯聚到了江湖組織中。不論他們棄朝就野各有怎樣的主客觀

環境，初衷是什麼，僅花榮索超們在梁山棲身這一現象本身，就值得我們揣摸。

人事和制度

將官群體上梁山，大致有三種模式：身受上官欺凌，怨積於心，一反了之，花榮是也；犯事被貶，有殺身之虞，不得不走，楊志是也；平盜無功，反為所陷，一勸即降，關勝索超諸人是也。

這三種模式中，都蘊含著同一個關鍵字：懷才不遇。以花榮為例，本屬將門之子，自己文武雙全，按說把守一個清風寨是綽綽有餘了，「遠近強人，怎敢把青州攪得粉碎！」偏偏又在他頭上加一個正知寨劉高，「這廝又是文官，又不識字，自從到任，只把鄉間些少上戶詐騙，朝廷法度，無所不壞」，花榮焉能不有憤言，又哪裡會竭盡職守？以楊志為例，「三代將門之後，五侯楊令公之孫」，身世顯赫武藝高強，自己也已經做到了殿前制使的位置，只不過因為一次天災，公務失手，便一下被打入另冊，不得不做小伏低奔走於權貴之門；以關勝為例，其人智勇兼長，雍容儒雅，大有乃祖關雲長之風，可是卻始終「屈在下僚」，若不是宋江大軍攻大名府甚急，不是另一個「不得重用」的武官宣贊鼎力推薦，大宋朝哪裡會想到要起用關勝？以索超為例，在大名府梁中書手下三位武將中，以索超武藝最高，卻偏偏又以索超地位最低；以呼延灼為例，他是開國元勳的後裔，有萬夫不擋之

勇，身居高位如高俅之流也還知道有這麼一號人物，可是又如何呢？他的頭銜不過是「汝寧州都統制」，按張恨水先生的說法，「以清代駐軍制比較之，亦僅僅一縣城中千總游擊之類耳」；……

有驚天動地之能，有定國安邦之志，又恰逢邊疆不靖國家動盪，正是所謂「滄海橫流方顯英雄本色」之大好時機也。可是，這些人卻彷彿明珠暗投一般，時時受到壓制，很難才竟其用。究竟是什麼制約了他們？首先容易想到的是奸臣當道、上司顢頇。這當然是不錯的，一個擁有更高權力而又品行才幹俱劣的人處處掣肘，你是有力也沒處使的，古人說「世未有權奸在內，而大將立功於外者」，講的就是這個道理。然而，這只能說是原因之一，我們還不能因此就下判斷，以為僅僅是在上者的個人品行好壞，就足以決定關勝索超們是否會有作為。我們可以舉一個相反的例子。北宋名將狄青的名字，因為央視連續播放了《大英雄狄青》的動畫片，已家喻戶曉。歷史上的狄青，抗擊西夏屢建奇功，被認為是和南宋岳飛並稱的宋代兩大名將。他似乎要比岳飛走運，因為他沒有碰上秦檜這樣的權奸，而是韓琦、歐陽修這樣被稱頌為一代名臣的人，然而其結局卻和岳飛同樣不幸：正因為狄青功業太著威望太高，韓琦、歐陽修等一般文臣要抑制他，終於說動皇帝將狄青放逐，一代名將竟抑鬱而終！

必須說明，韓琦、歐陽修個人品行絕非蔡京一流，而是傳統意義上的君子人也，他們的抑制狄青在很大程度上也並非出於私心。像歐陽修，還曾經專門寫奏章對皇帝稱讚狄青，然而仍是歐

陽修，在狄青積功地位越來越高的時候，又表示了很深的疑慮，說「武臣掌國樞密，而得軍情，此豈國家之福？」

關勝索超們在奸臣蔡京手下抑鬱不得志，這也許尚可說主要是人事的原因；狄青在君子韓琦、歐陽修那裡也受到了猜忌，未盡其才，這就不能仍說是人事的原因了，而應該歸論到制度層面，制度立於人事之上，是決定性的。宋朝開國皇帝鑒於五代軍人專權割據的紛亂局面，更由於自己本來就是因掌兵權而被部下擁戴當了皇帝，生怕被人效仿，所以其根本制度就是重文抑武，這一點正如錢穆先生在《國史大綱》裡所分析，優待士大夫，永遠讓文人壓在武人的頭上，不讓軍人掌握政權，這是宋王室歷世相傳更不放棄的一個家訓。

在皇室的大力推動和利益誘導下，蔑視武人成為宋朝社會的一大特徵。在《水滸》全書中，我們看不到軍人被百姓尊重的任何場景，一個潑皮牛二也居然敢在大街上尋軍官楊志的開心。因為不尊重軍人，所以宋朝還有給士兵臉上刺金印以防其逃跑的虐政，於是我們在《水滸》中常常聽到那個詛咒的聲音：「賊配軍！」這也是有史實為證的：狄青已經升到高級將領的位置，但就因為他臉上也有金印，在一次宴會上，一個妓女也敢公然取笑，向他這般勸酒：「奉斑兒一盞。」

猜忌、抑制武人的制度，不尊重軍人的社會氛圍，再加上如蔡京、高俅之流一群貪瀆的上司，在這三點的作用之下，關勝索超們還能有什麼更好的出路呢？

回到原點

關勝索超們上了梁山，其心境如何？

《水滸》之書一個顯著的特點是，自一百單八將排定座次匯為一個集體後，對各個人物便很少再賦予個性化筆墨。不過，分析這群將官們的心態，也還有一些線索可尋。

第一個線索是楊志、索超話舊流淚的細節。楊志、索超原是軍中袍澤，曾在梁中書的安排下有一場互相印證武功的精彩打鬥，當時難分高下，自然惺惺相惜。後來楊志失陷生辰綱上了梁山，索超雖然武藝超群，可是看其在軍中地位顯然也並不得志，終於被宋江設計擒上山來。書中寫道：「楊志向前另自敘禮，訴說別後相念，兩人執手灑淚。」這是一個耐人尋味的細節。水滸英雄流淚的情節甚少，而現在兩個男人因「別後相念」、「執手灑淚」，總給人一種怪怪的感覺。楊志、索超為什麼流淚，看來遠遠不是彼此思念這般簡單，肯定是有一種東西觸動了他們，讓其悲愴而不能自已。什麼東西會讓這兩個英武的男人如此悲愴呢？只可能有兩點，一是悲自己的遭遇，以他們的志向和才華，誰會想到會同時棲身於「盜窟」，以這種方式再見呢？二是因一己之遭遇而同時感念國事。楊志曾經自述心跡，希望「邊疆之上一槍一刀，博個封妻蔭子，也與祖宗爭口氣」，向來被批評者斥為庸俗，這真是奇怪的議論，軍人就應該效命於疆場，一個軍官能夠在邊疆上建功總應該是國家的幸運吧，何俗之有？但現在這一切都歸於幻滅，怎不讓楊志、索超悲從中來？

　　第二個線索是將官群體對招安的反應。前人早就看出來了，面對宋江招安的大計，梁山有截然不同的兩派，李逵、武松等是一派，他們明確宣佈不能接受，要反就反到底，另一派就是將官群體這一派，他們雖然沒有明確站出來表態，但那種幾乎一致的沉默就已經足夠宣示了。而偏偏這一群體在梁山上又佔據優勢，所以，宋江的招安大計終能成為事實。從將官群體對招安的態度上可以看出，他們始終把棲身梁山作為萬般無奈下的權宜之計，在梁山，彷彿總有一種根深蒂固的東西，在限制著這一群體融入這個江湖組織。作為梁山主要力量的只有兩類人，一個是遊民，一個就是將官，這兩類人也許一時可以稱兄道弟脫略形跡，但畢竟還是有著絕不相同的人生理想，遊民以大塊吃肉大碗喝酒大秤分金銀為最大幸福，將官們則更嚮往建功立業。

　　關勝索超們嚮往著招安，憧憬著在國家多事的時候去立功邊疆，可惜他們並沒有注意這個國家制度依舊如此，奸人依舊當道，沒有醒悟自己雖然從江湖回歸了朝廷，卻不過是方位的變化，至於他們個人的命運，只是重新回到了原點罷了。這就是關勝索超們的悲劇。

十二 《水滸》中的真英雄

　　一部《水滸》，似乎就是一部寫英雄、歌頌英雄、張揚英雄氣概的大書。

　　那麼什麼是英雄？在底層民眾的心目中，那些不像自己瞻前顧後，言行大膽往往越出常軌，並最終能暢行其志的人，就是頂天立地的英雄。千百年來，這部大書之所以眾口流傳，受到升斗小民的追捧，其中一個很重要的因素，就是因為梁山好漢們大塊吃肉大碗喝酒，還可以大聲罵娘大膽殺人，生活得總是那麼瀟灑自在！老百姓眼看自己無福過上這樣寫意的生活，於是要通過讀《水滸》滿足一剎那的幻想。

　　《水滸》成書有一個漫長的過程，從最初的說書人，到後來定稿的作者，他們對筆下的英雄都是充滿了仰慕敬愛之情的，為了將英雄們那種呵佛罵祖般的英雄氣概表達得淋漓盡致，他們竭力給英雄們賦予了莫大的權力，這種權力多數時候沒有邊界，幾乎沒有什麼力量能夠約束，以致常常達到為所欲為的程度。吳承恩還想到給要和神仙們打交道的孫悟空戴上一個金箍子，《水滸》卻彷彿沒有打算讓生活在市井小民中的江湖好漢有這樣一道緊箍咒。只是我們現在閱讀《水滸》的時候，不禁會想起一個嚴

峻的問題：這些英雄享有了這種幾乎不受約束的權力之後，會不會反過來傷害我們呢？回答這個問題簡直不需要多思考，只要翻翻江州劫法場那一頁，只要略想一想「十字坡上的冤魂」，就會有一個非常明確的答案了。這樣一想，《水滸》中的多數英雄人物，我們就只好乞求他別來到我們身邊，還是在紙上表演吧！

不過，這樣一部大書，這麼多好漢，總還是有那麼幾個稍稍另類的英雄。對一個只求平平安安過日子的庸人來說，這樣的另類英雄不僅可敬，更感可親，我叫他們是「真英雄」。

真英雄之一：王進

王進是《水滸》中第一個出場的英雄，但同時他又是一個神龍見首不見尾的人物。讀《水滸》這麼多年了，我一直奇怪，作者為什麼要讓僅露一面便告消失的王進第一個出場？

我說王進是真英雄，首先是因為他有我輩庸人羨慕的本領，這是當英雄的本錢。書中說得明白，這王進非等閒之輩，他是八十萬禁軍教頭，如果我們對這一頭銜尚無多少感性認識，只要想想另一個八十萬禁軍教頭林沖就夠了。他不過點撥了史進半年，這史進後來居然就庶幾能與魯智深抗衡，則王進之神勇，還用得著問嗎？

其次，是因為王進那種毫不作假的對母親的愛。中國的孝道雖然近代以來抨擊者眾，但現在痛定思痛，就不難發現，兒女對父母的孝並非一種違背人性的東西，「孝道」之所以曾經冒出過

一些問題，只是因為有人要把它引向人性的反面，要把它弄得過於沉重甚至虛偽，以致常常壓抑基本的人性，比如老萊子娛親之類。而王進的孝是自然而然的。當高俅立意要和他為難時，這個擁有絕好身手的男人，首先顧及的是自己的老母，竟至和母親抱頭痛哭。在史進莊上歇息，天剛亮，就聽見王進母親「在房中聲喚」，原來王進因為老母心疼病發，已起來多時了。這些都是極細小的瑣事，但讀者讀來卻有別樣的溫情。

最後，是因為王進耐得住寂寞。《水滸》一部書，演繹了多少活色生香、龍騰虎躍的好戲，可是王進居然不是主人公之一！都說時勢造英雄，都說滄海橫流方顯英雄本色，這王進本來就是英雄，為什麼卻寧願隱在這樣一個大時代的幕後？他難道就沒有心癢難搔躍躍欲試的衝動？不知道這王進究竟做什麼去了，但我似乎看到了王進那雙睿智的雙眼。有的英雄是竭力要去主宰世界的，而這個世界往往正因為這種欲望而變得更不寧靜。而王進顯然是個反例，這樣的人讓我們尊重。

真英雄之二：林沖

推舉林沖為「真英雄」，當然除了他的武藝，還有他與惡人的抗爭，風雪山神廟時的那一場快意恩仇。不過，這個英雄男兒最打動我的，毋寧說是他的「軟弱」。

軟弱怎麼還能叫英雄呢？這看似荒唐，其實正符合辯證法。我們看高衙內調戲林沖娘子那一回，「林沖趕到跟前，把那後生

肩胛只一扳過來，喝道：『調戲良人妻子，當得何罪！』恰待下拳打時，認的是本管高太尉螟蛉之子高衙內。……先自手軟了。……林沖怒氣未消，一雙眼睜著瞅那高衙內。」金聖歎批這一段文字時，說「英雄在人廊廡下，欲說不得說，光景可憐」，但在我看來，此處林沖的表現正是英雄的活寫照！有顧忌，想得很多，盡力克制自己的沖天怒火，這才是真的英雄，如果全無顧忌，從來只圖自己一時痛快，那不過是莽漢，哪能算真正的英雄？

林沖對妻子的情義，時時處處為女人著想，是梁山好漢中絕難一睹的，有時候，這個血一點兒也不比其他英雄冷的林沖，倒簡直有些婆婆媽媽了。臨被押解上路之前，當著眾街坊的面，他說和妻子「未曾面紅耳赤，半點相爭」，很多英雄恐怕都會掩耳而逃：這有什麼值得一說？立下休書，堅持讓妻子改嫁，原因是「莫為林沖誤了賢妻」。林沖對妻子的摯愛，真應了魯迅那句詩：無情未必真豪傑！

林沖另一大好處是從不濫殺無辜。讀完《水滸》全書，我們都沒有看到一個普通的小老百姓死在林沖之手。王倫勒索他交「投名狀」，他在山下苦候，一連撲了幾個空，其實，以他的武功，怎麼會連一顆人頭都難以取來呢，不過是不願讓無辜者流血罷了。在押解的路上，魯智深欲殺那兩個受命要害林沖的公人，林沖兀自勸解魯智深：「非干他兩個事，儘是高太尉分付，他兩個怎不依他？你若打殺他兩個，也是冤屈。」風雪山神廟那一

回，林沖大開殺戒，實在是因為他已完全沒有退路，那是一個英雄的爆發！

真英雄之三：魯智深

英雄惜英雄，嚴格說來，《水滸》中，唯林沖與魯智深可以當得這句話。兩個男人真誠的友誼，居然演繹出如此動人的篇章，在中國的舊小說中，也許並不少見，但這樣的友誼發生在江湖社會，不帶任何功利和血腥的氣味，卻未免太另類了一點。

魯智深看上去是那麼粗魯、急躁，道貌岸然的人恐怕要大皺眉頭，但這只是一種很皮相的認識，在魯智深那粗大的身軀裡，跳動著的是一顆善良的心。在酒樓上喝酒快活間，金老父女的哭泣擾了酒興，一般好漢，能夠容忍，最多問個是非曲直，感歎幾句就很不錯了，魯智深不然，當他知道了金老父女的不幸遭遇，第一個動作就是傾其所有向弱者伸出援助之手，而且還硬拉著史進和李忠一併贊助。晚上，甚至因為對此事不平，「晚飯也不吃，氣憤憤地睡了。」一個好漢，特別是像魯智深這樣大大咧咧的，居然會因一個不相干人的遭遇，吃不下飯，這就見出魯智深是以弱肉強食為法則的江湖社會中的異類，見出他最可貴的品質：他從來不怕什麼強者，但對弱者卻充滿了深厚的同情，世間一切恃強凌弱的人和事，都是他最難容忍的。

魯智深對林沖的真誠，也許還可以解作哥們兒的義氣，但他對賣唱父女的幫助，卻完全是人性的流露。他有一句口頭禪，

「殺人須見血，救人須救徹」，因此他救助弱者關懷朋友，總是要負責到底。野豬林救林沖，救下也可以罷了，他卻因為擔心路上再有危險，硬是將林沖送到了一個安全的地方才肯離去。幫助賣唱父女逃走那一段更有喜劇色彩，這個粗人本來一直大意慣了，但當那父女從店中逃走，魯智深「恐怕店小二趕去攔截他，且向店裡撥條凳子，坐了兩個時辰，約莫金公去得遠了，方才起身」。這種細膩的風格，我們很少看到魯智深用在自己身上。連向來討厭梁山好漢的周作人，也在〈小說的回憶〉一文中，說自己「始終最喜歡魯智深。他是一個純乎赤子之心的人，一生好打不平，都是事不關己的，對於女人毫無興趣，卻為了她們一再鬧出事來，到處闖禍，而很少殺人，算來只有鄭屠一人，也是因為他自己禁不起而打死的。」

張恨水為魯智深寫了四句偈語，「吃肉胸無礙，擎杯渴便消。倒頭好一睡，脫得赤條條。」好一個胸懷坦蕩的真英雄！

真英雄之四：朱仝

朱仝在《水滸》中雖列為天罡星，卻不是一般讀者關注的對象，因為他沒有表現出驚人的才藝，更缺乏像武松那樣跌宕起伏的人生傳奇。可是，我卻認為他是梁山為數不多的真英雄中的一個。

當然，朱仝義釋晁蓋和雷橫，寧願自己承擔風險和責任，這種江湖義氣是我推他為真英雄的因素之一。但僅此一點是顯然

不夠的，否則宋江「擔著血海般關係」通知晁蓋潛逃，一點兒也不比朱全遜色，那宋江豈不也成了「真英雄」？我說朱全是真英雄，更主要的是因為「小衙內事件」。

那個四歲的小衙內是知府之子，好像和朱全有緣，特愛和朱全親近，可是梁山為了斷絕朱全退路，讓他無法向知府交代，竟然派李逵斧劈了這個孩子！就為了這個無辜兒童的性命，朱全多次要和李逵性命相搏，這是頗讓梁山那些好漢們齒冷的。在他們看來，為一個小衙內傷兄弟情份，不說朱全喪心病狂，也是不明大體了！就是從朱全和眾好漢對待小衙內的不同態度，我看到了朱全那還未因江湖險惡而滅絕的人性。這樣的人也才算得真正的英雄！

世界上關於英雄的標準很多，誕生了各個不同的英雄觀。而現在一百單八將，加上王進，我不過只承認以上區區四位為「真英雄」，那麼概括起來，我關於英雄的標準究竟是什麼呢？

一是不自命不凡，認為世界上除自己之外，其他人等都應該效命於我，隨我驅馳，彷彿哪怕因此掉了腦袋也是一種幸福。王進就是這樣一個不自命不凡的英雄。與此相反的人，則絕不甘於平淡，天翻地覆才會讓他們獲得心理滿足。可是你自己上天入地也就罷了，為什麼還要讓許多無辜之人作你的馬前卒和犧牲品？與王進相反的人，也許可以鬧出很大的動靜，但我只認為他們是梟雄，而絕不是什麼英雄！

二是以恃強凌弱為恥。真的英雄都是遇強則強遇弱則弱，在強者面前，他們有一種勇於抗暴的精神，威武不能屈，但在弱者

面前，其調子卻很低，他們不認為欺負弱者是一件光彩的事。以此對照魯迅所揭示的「遇見狼是羊，遇見羊就變成了狼」的中國人的劣根性，我推魯智深作英雄，是恰如其份的。

三是即使置身於江湖社會，也還保有基本的人性。這種基本的人性包括：對父母妻兒那種天然的愛，不喜歡無辜者流血，對生命還有一定的敬畏感。

用這三條標準衡量，除了以上四人，《水滸》中還有多少好漢可以入「真英雄」之列而無愧？我不能不說，即使還略有一二，也已經是鳳毛麟角了。

十三 「可怕」而又「可憎」的拼命三郎

　　正所謂「有一千個觀眾便有一千個哈姆雷特」，對文學作品中的典型人物，讀者因了不同的身份、閱歷和學識，往往會有不同的觀感。

　　比如關於《水滸》中的「拼命三郎」石秀，千百年來竟有截然相反的兩種意見，一種說：「在《水滸》刻畫的所有農民革命英雄形象中，各方面顯得最成熟而又完整的人物，筆者認為是『花和尚』魯智深和『拼命三郎』石秀兩人。」（楊柳《水滸人物論》）；另一種則認為，「武松與石秀都是可怕的人，兩人自然也分個上下，武松的可怕是辣煞，而石秀則是兇險，可怕以至可憎了。」（周作人《知堂乙酉文編》）

　　從我本文的擬題中，就可以發現，在對石秀的評價問題上，我當然是站在周作人這一邊的。拼命三郎的確就是一個讓普通人感覺可怕而又可憎，和他打個照面都要倒吸一口涼氣，恨不得遠遠避開的人物。

　　有人會覺得奇怪，在梁山好漢中，石秀的武藝算不得十分突出，不是頂尖厲害的角色，似乎也並未像李逵那樣掄著板斧亂砍

一氣，更沒有穆春、穆弘兄弟那樣橫行鄉里的劣跡，何至於說他「可怕」而又「可憎」呢？

其實，石秀的「可怕」和「可憎」不在於他的武藝有多高，也不在於他是否喜歡胡亂殺人，而在於他的「超精細」，在於他的「窮撇清」。

可怕的「超精細」

在梁山群雄中，要爭武藝第一，估計會有很多人摩拳擦掌躍躍欲試，而要問誰最精細，除了軍師吳用，在武人當中，恐怕非「拼命三郎」石秀莫屬了。

書中關於石秀的精細過人，有許多精彩的筆墨。大的如打祝家莊前，石秀去打探情報，關於這一段，我想先偷懶摘抄對石秀極致崇敬的楊柳先生的分析：

> 石秀化裝成樵夫，挑一擔柴進入祝家莊，從鍾離老人那裡獲得了必要的消息，順利完成了使命。在整個「探莊」過程中，我們充分看出了石秀的機警、沉著、精細、果敢和英勇，所有這一切優秀品質和可貴性格，充分說明石秀政治上的成熟。當然，這是和他的下層勞動人民的優良出身以及長期反抗鬥爭的鍛煉分不開的。我們在其他英雄的身上，並不是不能找到這些性格特點，但卻沒有這樣集中和深刻。李逵是勇往直前的，但卻缺乏應有的機警和沉著態

度；武松是機警而沉著的，但又不夠精細，他那種因過重「個人恩怨」而產生的「偏激」行為，也是和石秀有些距離的。……參加「探莊」的共有兩人，除石秀外，還有「錦豹子」楊林，但完成任務的卻只石秀一人而已。楊林卻被祝家莊拿住了，而楊林本身也絕不是莽撞冒失的人。《水滸》作者從兩人的對照中，完成了石秀這位比較完整和全面的英雄形象的刻畫！

對楊柳先生這一大段文字，我除了對其在特定時代給石秀附加的各種帽子持保留態度外，其他都是贊成的，通過「探莊」一役，石秀非同尋常的機警、沉著和精細，的確是躍然紙上，給人留下了深刻印象。石秀之精細，這只是大的方面，小的方面，楊雄之妻潘巧雲不過隨口向石秀介紹了幾句關於「賊禿」裴如海的情況，石秀便「自肚裡已瞧科一分了」。潘巧雲和裴如海的姦情，就在楊雄眼皮底下發生，楊雄兀自蒙在鼓裡，石秀不過打個照面，就洞燭其奸，拼命三郎之嗅覺，已非常人所及！

一般來說，做人精細一點總是好的，可以少被人唬弄，但石秀的精細已經越過了正常人的界限，算得上「超精細」了。他彷彿處處在揣摸人的心思，一雙眼睛好像時時在提醒和他打交道的人：我心裡跟明鏡兒似的，少在我面前打馬虎眼！我們看他回答裴如海問他「貴鄉何處、高姓大名」的話，「我嗎？姓石名秀！金陵人氏！為要閒管替人出力，又叫做『拼命三郎』。我是個粗魯漢子，倘有衝撞，和尚休怪！」這幾句粗看倒也稀鬆平常，可

在心裡有鬼的裴如海聽來，真是冷極了也鋒利極了，簡直要不寒而慄！難怪後面裴如海「連忙走，更不答應」，連情人要他「早來些個」的話都聽不進去了。

一個「超精細」的人，正因為自己經常要揣摸別人，所以他總以為別人也和他自己一樣，做每一件事時，都有著非常細密的用意。其實，很多時候，普通人說話做事往往只是下意識的行動，最多不過稍作考慮，哪裡會有這麼多彎子可繞呢？楊雄的丈人潘公和石秀一起做屠宰生意，石秀掌管帳目，過了兩月，石秀身上添了新衣，回來見「鋪店不開」，「肉店砧頭也都收過了，刀仗家火亦藏過了」，便心中尋思：「哥哥自出外去當官，不管家事，必然嫂嫂見我做了這些衣服，一定背後有說話。……自古道：『哪得長遠心的人？』」然後便收拾帳目，對潘公道：「且收過了這本明白帳目。若上面有半點私心，天地誅滅！」事實證明潘公根本就沒有猜疑石秀的意思。

一個過於精細的人，是會被摒於正常的人際交往圈之外的。像石秀，誰敢做他的同事、朋友，做他的生意夥伴呢？

可憎的「窮撇清」

石秀還有一個特點，就是時時處處要撇清自己。不願意被人冤屈，這也是人之常情，石秀明顯越過了常情的界限，他為了撇清自己，對是否會傷害到別人，會造成什麼樣的後果等等，都是不屑一顧的。

　　石秀的「窮撇清」，第一個例子就是擺出帳目給潘公看，而且還發毒誓。而最顯著的，是他越俎代庖替楊雄「清理門戶」。

　　怎樣看待楊雄的「家醜」？儘管我對《水滸》中的石秀充滿了憎惡，但並不想把潘巧雲和裴如海的姦情美化，也不準備以現代人的法律觀念去解讀石秀的殺奸行動，因為那樣做必然導致將《水滸》這部書全部推倒，是以今人因時代條件差異而產生的「高明」去笑話古人了。我們還是回到宋朝那種特定的歷史環境中，去看那場姦情和殺奸者吧。如果是這樣，那麼我要說，雖然潘巧雲對裴如海自述中透露，為人之夫的楊雄「一個月倒有二十來日當牢上宿」，為這段姦情摻上了一點人性的影子，但無論怎樣，潘、裴的私情是應該受到譴責的，從書中描寫看，和尚裴如海也是個玩弄婦女的老手，他的死實在是咎由自取。撞破朋友之妻的私情，石秀第一個反應是為楊雄不平，「哥哥如此豪傑，卻討了這個淫婦！」這是情理之中的動作；第二個反應是向楊雄道破秘密，這仍然不脫常人的思維。然而，因為楊雄醉酒，被潘巧雲猜破，先發制人，說石秀調戲她，使楊雄反疑石秀。這個時候，「拼命三郎」的一系列反應就完全是「石秀式」了：先是忍耐，一般人遇到朋友冤屈，總是要辯解幾句的，可石秀卻一笑了之，顯見有極深的謀劃；然後更將裴如海和報信的頭陀殺死。這都不是常人所敢想所能為了。

　　石秀為什麼對朋友之妻的這段姦情如此不依不饒，甚至不惜連殺兩條人命？並不是一個簡單的義氣可以遮掩過去的。如果僅僅是為了義氣，他將自己掌握的姦情透露給楊雄，就已經盡到

朋友的職責了。可以斷言，在他向楊雄揭發時，是沒有動什麼殺機的，然而等到楊雄反倒懷疑到他自己頭上時，他的怒火卻好像要比親見朋友之妻偷情更為熾烈，那不怒反「笑」就是明證。也只是在這個時候，他才真正動了殺機，也就是說，潘巧雲栽贓他這個自詡的「頂天立地的漢子」，才真正讓石秀感到不可忍受，他的自白也說得清清楚楚，「他雖一時聽信了這婦人說，心中怪我，我也分別不得，務要與他明白了此一事。」「務要與他明白了此一事」，石秀在受人栽贓的憤怒之下，急欲撇清自己，不是昭然若揭嗎？

撇清自己也許還是必要的，可石秀為此，不惜搭上四條人命，這種「窮撇清」就太讓人恐懼了！

姦情暴露後的楊雄本來也沒想殺掉自己的妻子，但我們看到，作為朋友的石秀卻步步緊逼，非要他痛下殺手不可：和楊雄定計誘潘巧雲上翠屏山時，石秀說的是，「是非都對得明白了，哥哥那時寫與一紙休書，棄了這婦人」，似乎也還沒想到要置潘巧雲於死地，可是到潘巧雲被逼說出詳情，並向丈夫討饒時，石秀卻道：「哥哥，含糊不得！」待石秀「遞過刀來」，楊雄先殺了侍女迎兒，潘巧雲轉向石秀求饒：「叔叔，勸一勸」，石秀說出了一句妙語，「嫂嫂，不是我。」……在人命關天的緊急時刻，石秀的這句「閒話」正活畫出其人狠毒之性格。

一個人的朋友之妻偷情，最憤怒的本應是那個朋友，可是在這裡，最憤怒的倒不是楊雄，而成了石秀；最不惜手段的，也不

是楊雄，而是石秀。這正常嗎？是一個恪盡朋友之道的人應該做的嗎？

　　超過常人的精細和狠毒，這樣一個拼命三郎，哪怕頭上再多「義薄雲天」等光環，我也是要退避三舍的。

隻眼看 水滸

——說破英雄驚殺人

十四 宋江的立威術

　　少時讀《水滸》，對其主角宋江是既鄙夷，但又不得不佩服。鄙夷宋江，是因為在風風火火的群雄中，這個人無文章經世之才，也無拔木扛鼎之勇，卻偏偏要在一個英雄群體中當主角；不得不佩服宋江，是因為這樣一個無才無勇、貌不出眾的鄆城小吏，偏偏能夠籠絡群雄，使天下好漢都樂為之用。

　　然而佩服歸佩服，困惑卻始終存在：像這樣一個連庸陋如我輩都瞧不上眼的人物，在江湖中為什麼會有那麼崇高的威望，使天下好漢都樂為之用呢？少年時代讀《水滸》的次數也不算少了，越讀越覺得就人物塑造論，宋江是此書的一大敗筆，因為從書中，讀者找不到宋江獲得江湖極尊地位的合乎情理的邏輯。

　　現在看來，兒時讀書，敢對名著質疑，豪氣固然可貴，但未免也過於粗疏了。《水滸》一書，何嘗沒有寫出宋江在江湖上的立威之術呢？只不過需要細心尋繹罷了。

小恩小惠為什麼能收服群雄？

　　毫無疑問，宋江之所以在江湖上極受尊崇，捨得花銀子是非常重要的一個因素，這也是其「及時雨」綽號的由來。可說實在

的，宋江贏得「仗義疏財」之美名，為此而花的銀子並不多，每次也就幾兩十幾兩，幾乎沒有一次是超過百兩的，說此乃「小恩小惠」一點兒也不過分。這就很奇怪了，那些行走江湖的豪傑，什麼樣的陣仗沒見過，平生敬服過誰，為什麼卻因為宋江的一點小恩小惠，就要做小伏低呢？

筆者以為，這應該從兩方面來談。第一，是要注意宋代商品經濟高度發展的背景。歷史學家們都承認，兩宋時期的商品經濟超過了以往任何一個朝代。而商品經濟發展的一個必然現象就是「貨幣拜物教」的流行，因為貨幣彷彿在社會生活中無所不能，也就是通常所說的「錢能通神」，所以，滋生了人們對「貨幣」的崇拜乃至迷信。在這個時候，由於人們都高度重視金銀貨幣的作用了，因此緊緊捏住錢袋的人，所謂「守財奴」的比例，就遠遠超過了歷史上任何一個時期。只認錢不認人，重錢輕義，這一類「守財奴」，只能在商品經濟高度發展後才會大量湧現，不僅中國，西方也是如此，這一點我們只要想想想巴爾扎克筆下的歐也妮·葛朗台就明白了。而正因為貨幣的力量太過強大，社會普遍重錢輕義，「仗義疏財」的人才顯得特別稀罕和珍貴。其實何止宋江一人因為捨得花銀子贏得了聲譽，柴進不也是以其對待財富的特有方式，讓江湖好漢敬仰嗎？

第二，是要考慮遊民階層的特點。先在江湖上飄，後一起到梁山聚義的那些好漢，其中的絕大多數，身份都應該歸入「遊民階層」。「遊民」，重點在一「遊」字，他居無定所，也無恒財，更無牽掛，雖然樂得逍遙自在，但常常難免要鬧錢荒。雖然

有時可以靠一些非法勾當，暫時緩解經濟困境，可畢竟受主客觀條件的制約，並非任何時候都能如願。怎麼辦呢？遊民們就特別盼望世界上出現一個廣有資財，偏偏又視金錢如糞土，而且恰恰又很賞識他們的「救世主」，可以在其最困難的時候「仗義疏財」，幫助他們渡過難關。宋江正好滿足了遊民階層這三方面的願望，他成為遊民們心目中的理想人物，享有極高的威望，又有什麼可奇怪的呢？

在「貨幣拜物教」盛行的時代，在衙門中當押司的宋江，卻愛在遊民階層中拋撒銀子，這已經足以讓他「及時雨」的美名傳遍江湖了。而宋江並不以此自限，對待江湖豪傑，他還有非同尋常的籠絡人心的功夫。

從王矮虎納妻看宋江手段

宋江籠絡人才和人心的功夫，可以說已到了無微不至無孔不入的化境。

一方面，他很有「江海不擇細流，故能就其深」的氣魄，在吸納人才的問題上，沒有任何門庭、出身、資歷、武藝高低乃至品行好壞等條條框框的限制，只要來投奔他的，都可以收歸己有，為己所用。那些差點要了他命的燕順、張橫、穆春穆弘兄弟，宋江可以完全不計前嫌；楊雄、時遷等人在祝家莊惹了禍，到梁山尋求庇護，因「雞鳴狗盜」的行徑差點被晁蓋拒之門外，宋江卻全不計較，有來必錄。而事實證明，即使像時遷這樣的雞

鳴狗盜之徒，只要使用得當，也是可以發揮奇效的。宋江在這一點顯然要高過晁蓋一頭。

另一方面，對待各類豪傑，宋江的身段極低，謙恭極了，也細膩極了。初見魯莽的李逵，他不僅一見面就給他銀子賭錢，更一口一個「大哥」，估計李逵這輩子都沒有聽人這麼叫過；面對精明而自負的武松，他又可以大灌「兄弟你如此英雄，決定做得大事業」的迷魂湯；引誘別人入夥，他更能隨口將梁山泊王的寶座大方奉上；……而最見其手腕的，應該表現在他面對王矮虎的態度上。

在梁山群雄中，貌醜、貪色、武藝低微的王矮虎完全是下下之選，一個要做大事業的人，本來是可以完全輕忽他的，宋江卻全然不是這樣。在清風山上，王矮虎要擄來的劉知寨的娘子做自己的壓寨夫人，宋江因為自己要去投奔的花榮和劉知寨是同僚，怕日後下不了臺，堅持放走了劉知寨的娘子。好色的王矮虎被壞了好事，「又羞又悶，只不做聲」，宋江說了一番話，「兄弟，你不要焦躁，宋江日後好歹要與兄弟完娶一個，教你歡喜便了。」在這個時候，我想不僅是在旁的燕順、鄭天壽把宋江此語視為一句玩笑話，就是王矮虎本人恐怕也未必當真，因為書中王矮虎聽宋江勸解後的態度是顯豁的，「雖不滿意，敢怒而不敢言，只得陪笑」。

然而宋江卻一直把這事記在心上，即使在他已貴為梁山泊王，諸事叢脞日理萬機的時候。在梁山攻打祝家莊的戰鬥中，王矮虎見對方叫陣的扈三娘貌美，「指望一合便捉得過來」，不

料卻反為所擒。戰場上本是性命相搏的非常時刻，好色的王矮虎「做光」的樣子，卻歷歷如繪。因此宋江在林沖擒獲扈三娘後，對這個戰俘的處置便早已成竹在胸了。把扈三娘配給王矮虎，已經足以顯示宋江的重然諾了，宋江卻似乎覺得扈三娘這個「道具」的作用還未發揮到極致，於是又讓扈三娘當著群雄的面拜他爹宋太公為義父，使扈三娘頭上又有了「梁山泊王乾妹妹」的光環，抬高了其身份。當然，這種身份對扈三娘並不緊要，要緊的是，這樣一來，那個好色卻輕死的王矮虎卻會格外受用，感覺有面子，更願意死心塌地隨著宋江的號令而驅馳了。尤具妙用的是，這場戲的直接受惠者是王矮虎，觀眾卻是梁山群雄，他們眼看著自己尊敬的大頭領對王矮虎這樣一個卑猥的人物，關懷都這麼無微不至，而他們都應該自視高於王矮虎，則自己在「大哥」心目中是何等地位，還用得著說？既然「大哥」如此恩重，自己應該如何效死，豈非不言而喻？所以宋江這齣戲，表面上是為了王矮虎，實際上更是演給梁山群雄看的。

對自己組織中像王矮虎這樣的一個下下人物，宋江都絕不會使他有所怨懟，至於其他人等，宋江又會下何種功夫，是完全可以管中窺豹的。因此張恨水先生雖鄙夷宋江，也不得不對此大加讚歎，「試觀《水滸》一百零七人，品格不齊，性情各異，而或重情義，宋即以情義動之，或愛禮貌，宋即以禮貌加之，或貪嗜好，宋即以嗜好足之，於是指揮若定，一一皆為其效死而莫知或悔。」說得十分到位！

　　自然，宋江要在江湖上立威，還離不開他最本質的一面，即玩弄權術。面對戇直的江湖好漢，這類把戲也往往會有奇效的。如梁山當初邀他上山時，他始終高唱忠孝節義的調子，欲拒還迎，甚至當花榮要他卸枷和兄弟們喝酒盡歡時，他還大言不慚地說：「此是國家法度，如何敢擅動！」其實，敢私放犯下驚天大案的晁蓋的宋押司，哪裡是把「國家法度」放在眼裡的人呢？「如何敢擅動」云云只是裝腔作勢罷了，不久，宋江和兩個負責押解的公人離開梁山，公人為討好宋江，提議開枷，宋江的回答卻又與面對花榮時迥異了，「說的是！」「當時去了行枷」。……

　　「沒有金鋼鑽，不攬瓷器活」，沒有兩把刷子，也就不要到江湖上混了。宋江雖然武無拔木扛鼎之勇，文無經國濟世之才，但依靠他特殊的手段，卻足以傲視江湖上那種你一槍我一刀的匹夫之技，堪稱江湖組織中的「萬人敵」。盧俊義、林沖等人哪怕勇冠三軍，卻也只能在宋江手下討生活，若有人問宋江此中奧妙，估計他會和那個漢高祖劉邦一樣得意地回答：寧鬥智，不鬥力。可惜說到底，他的這種「智」只是「小智小術」而已。

十五 梁山泊的娘兒們

梁山泊的娘兒們，到目前為止，在我這部關於《水滸》的小書中，我只僅僅寫到了扈三娘，而即使是寫扈三娘，也主要立足於上梁山之前，至於成了梁山這個江湖組織中女頭領之一員的扈三娘，不過寥寥數語，草草帶過罷了。老實說，這不能說是我偷懶，而實在是《水滸》對梁山泊娘兒們的處理太過草率，給人想像、分析的空間幾乎殆盡。

然而，說水滸英雄，避而不談梁山泊的娘兒們，終究是不完整的，何況，像這樣一部為江湖組織立傳的大書，偏偏讓投身於其間的一部分面目模糊，這種處理人物的方式，如果換一個角度，不是正好透出了一些值得咀嚼的資訊嗎？

且讓我們先從梁山好漢的「女性觀」說起。

梁山好漢心目中的四種女人

說到一個人的「女性觀」，應該包括以下幾點，如他怎樣認識女人在這個世界中的作用，女人在他心目中佔據什麼樣的地位等等。那麼，梁山好漢的「女性觀」是怎樣的呢？

不難發現，梁山好漢的心目中，實質上有四種類型的女人：

第一種，林沖娘子式。林沖娘子應該是梁山好漢最認同的一類女人，她的特點就是「美」、「貞」、「賢」。然而這一類女人又常常讓江湖好漢們感到為難，因為正如我在本書第三輯〈英雄與情色〉這篇文章中分析的那樣，「遊民們習慣於餐風宿露、刀口舔血，沒有家室之累，沒有情感之絆，無牽無掛，也才好風風火火闖蕩江湖」，而幾乎完美無缺的林沖娘子正好是「家庭」的一種象徵，她是與江湖世界格格不入的，儘管如此，這一類型的女人卻沒有給好漢們任何非難乃至遺棄的理由。於是，《水滸》的作者只好讓林沖娘子在奸人的勒逼下自殺，既成全了她的貞節，也好讓英雄們沒有負累地馳騁於江湖。

第二種，潘金蓮式。如果要問淫婦類型在江湖好漢心目中有什麼作用，也許只好說可以顯示自己的凜然不可犯，並拿來試刀吧！

第三種，李睡蘭式。李睡蘭是東平府的一個娼妓，九紋龍史進的相好。我曾經分析過，江湖文化和遊民文化其實是並不排斥妓女和妓院的，李睡蘭式的娼妓在梁山好漢心目中自有特殊的功用，這就是供笑樂和性的發洩。江湖好漢們固然鄙視李睡蘭式的女人，這從他們平日罵人的一些口頭禪中是看得出來的，但實際上也離不開她們。

第四種，顧大嫂式。顧大嫂在《水滸》中給人的直接觀感就是「潑辣」，不過，世間盡有風風火火的女子，而像顧大嫂這樣幾乎顯示不出性別的人卻實在少見。誰不說《紅樓夢》中的鳳丫頭潑辣呢？但王熙鳳即使在撒潑的時候，也沒人會說她不是女

人。而梁山上的娘兒們，幾乎就只剩下了「顧大嫂式」這一種，她們和男人一樣，喝酒，說粗話，殺人。

梁山好漢們對林沖娘子式女人有複雜的感情，身在江湖，既不願讓其拖累自己，也不能任其別居，因為這有遭遇強人而失節的風險，又不忍對這樣「貞」、「美」、「賢」的女人痛下殺手，這也許是他們有生以來第一次感到處理一個女人居然會如此為難。林沖娘子的自殺不能不說是最好的化解難題的方式。潘金蓮式女人是否就是梁山好漢最厭惡的一種女人呢？這倒也未必，我們看武松殺潘金蓮、楊雄殺潘巧雲，真是一絲不苟地專業，雖然是虐殺，然而那虐殺裡分明有一種讓人驚異的快感，那麼好漢們或許還會慶幸遇到一兩個淫婦，也未可知吧？李睡蘭式的女人有特殊的功用，但顯然不適合在被嫖之後，跟著英雄們上梁山，因為在江湖和遊民文化的語境裡，那是會有大大的忌諱的。如果不幸真有一兩個李睡蘭式的女人在與英雄露水姻緣之後，懷抱種種不切實際的幻想，就像舊戲裡的落難公子和風塵女子的故事一樣，那只會得到一頓飽拳的，除非這個英雄有勇氣自絕於江湖。顧大嫂式的女人是梁山唯一可以接納的對象，其中要害唯在於，這一類型的女人已經和好漢們同化，或者說被江湖和遊民文化徹底改造了。

「第三性」

顧大嫂式的女人是梁山唯一可以接納的對象，因為這種類型的女人，已經失去了性別的特徵。像顧大嫂、孫二娘，組織從來

都是把她們當男子一樣安排和使用的，她們自己也彷彿從來沒有把自己視為和男子不同的人，不論是在像戰爭這樣的殘酷的行動中，還是在日常的言語舉止的小節上。

如果女性原有性別特徵一時半會兒居然還沒有失去，則會面臨一次改造的過程。這可以舉扈三娘為例。在和王矮虎的廝殺中，剛一照面，色狼王矮虎的「做光」就沒有逃過扈三娘的眼睛，這讓她既羞且憤。不要低估這種羞憤的感覺對一個女人的重要性，因為它表明，女子對自己的性別有一種良好的自覺，同時也證明這名女子還沒有丟掉性保護的本能。只有不把自己當女性看的女子，才會對男人的「做光」全然失去敏感。可是上了梁山的扈三娘很快就變成了另一個顧大嫂。就像我在〈「沒面目」扈三娘〉一文中所說的，遵照宋江的指示，和手下敗將王矮虎婚配後，我們看到的扈三娘，「只是一個以替天行道的名義砍砍殺殺的機器。」這中間肯定有一種改造的過程，只是《水滸》沒有提供更多的細節，於是這裡就留下了一個疑問：扈三娘面對自己全然陌生的一種「文化」，現在要融入其中，是被迫，還是自願接受對自己性別的改造？據我的推測，應該是兩者兼而有之。也許在初時，「被迫」的因素更多一些，這就像她無法拒絕宋江配給她的那個男人一樣。而隨著時間的流轉，歲月移人，氛圍動人，更何況身邊還活躍著顧大嫂、孫二娘這樣的榜樣？於是，嬌羞而又勇武的扈三娘也慢慢於不知不覺間，接受了現實的安排，並逐步躍進到了自願消泯一切性別界限的狀態中。於是，梁山就只剩下了顧大嫂式的女人。

　　顧大嫂式的女人在梁山上究竟扮演著一種什麼樣的角色？和男子相比，這種角色的差別接近於零。當然，她們還是別的好漢的妻子，可是我們卻完全看不到梁山上有夫婦之愛的一絲空間，因為遊民是強調不能對女人動情的，哪怕這個人是自己的妻子，而即使是閨房之私也應該越少越好，否則只會讓人恥笑。女人的另一種角色是母親，而不知是為了顯示梁山泊娘兒們改造的徹底，還是為了顯示梁山好漢「打熬筋骨」的純粹，在舊時避孕術非常不發達的環境中，顧大嫂、孫二娘、扈三娘居然都沒能當上母親。這是非常值得玩味的一個細節。也許我們從中可以讀到一個明白無誤的資訊：梁山實質上是拒絕女人的，如果女人因此或因彼，走上了梁山，那麼她們就不能再扮演妻子和母親的角色，從根本上說就是不能再繼續做女人。

　　顧大嫂們是和梁山相始終的。她們之所以還能在梁山生存下去，就因為她們已不再是女人。那麼她們是和梁山好漢完全一模一樣的男人嗎？大體是這樣，但在一些非常細微的地方，又還有那麼一點區別，這就是，她們似乎比男子更仇視女人，從某種意義上說，她們既不是完全意義上的男人，也不是完全意義上的女人，而成為了一種「第三性」。書中有這樣兩個情節：梁山大軍打下祝家莊後，「顧大嫂掣出兩把刀，直奔入房裡，把應有婦人，一刀一個，盡都殺了」。顧大嫂的專殺婦人，看來並不是上級安排而是她自主選擇的，為什麼？欺軟怕硬專撿好殺的開刀麼？應該不是這樣，書中說得明白，顧大嫂的凶蠻還在她丈夫孫新之上。我看就是她骨子裡對女人的仇視在左右著她的行

動。另一個情節是關於扈三娘的，在宋江征田虎的戰鬥中，對方女將瓊英出戰，「矮腳虎王英看見是個美貌女子，驟馬出陣，挺槍飛搶瓊英。……王矮虎拴不住意馬心猿，槍法都亂了。瓊英想到：『這廝可惡』覷個破綻，只一戟刺中王英後左腿」，觀戰的「扈三娘看見傷了丈夫，大罵『賊潑賤小淫婦兒，焉敢無禮！』飛馬搶出，來救王英」。扈三娘對眼前這一幕並不陌生應該是清清楚楚的，有意思的是她那句脫口而出的辱罵，「賊潑賤小淫婦兒」。在剛才的一幕中，究竟是哪一個犯「賤」犯「淫」？我不相信，扈三娘在這個問題上會失去基本的判斷能力，只不過她早在這一幕發生之前，就已經把女人放在了「賊潑賤小淫婦兒」的位置上罷了。

　　梁山泊的娘兒們成為了「第三性」，乃至比梁山上的男子更加仇視女人，這一點耐人尋味，但並不是一件多麼難懂的事。我們只要想想皇宮裡的宦者，也會多有一些常人無法理解的詭異，就能大致明白了：生活在一個扭曲的環境裡，日久天長，性格和思維發生一些畸變，這不是勢所必至理有固然麼？

十七 有小術無大智的吳用

　　近代著名通俗小說家張恨水也擅散文小品寫作，《水滸人物列傳》即其代表作之一。此書成於上個世紀三、四十年代，因當時特定的時代背景，和作者所抱的人文理想，張恨水先生對水滸英雄少有期許，但他同時對棲身梁山的一些奇才異士，也不能不大加讚歎，最典型的是他關於吳用的論述。張先生的書係用淺近文言寫成，並不難懂，現引在下面：

> 　　吳雖為盜，實具過人之才。吾人試讀《水滸傳》智劫生辰綱以至石碣村大戰何觀察一役，始終不過運用七八人以至數十人，而恍若有千軍萬馬，奔騰紙上也者。是其敏可及也，其神不可及也。其神可及也，其定不可及也。……更有進者，《水滸》之人才雖多，而亦至雜也。而吳之於用人也，將士則將士用之，莽夫則莽夫用之，雞鳴狗盜，則雞鳴狗盜用之。於是一寨之中，事無棄人，人無棄才。史所謂橫掠十郡，官軍莫敢攖其鋒者，殆不能不以吳之力為多也。夫天下事，莫難於以少數人而大用之，又莫難於多

數人而細用之。觀於吳之置身水泊，則多少細大無往而不適宜，真聰明人也已……。

張先生這本薄薄的小書是我愛讀的，他的許多論述我都同意，在前面的文字中也頗徵引過一些，但他關於吳用的觀點我卻不敢苟同。自然，吳用的計謀之巧、運思之密，在《水滸》一書中的確表現得淋漓盡致，我也在前面的文字中，多次肯定他對梁山這個江湖組織發展所起的不可替代的作用。然而，我同時認為，在局部上，在戰術層面，吳用是夠聰明的了，但他幾乎沒有什麼戰略思想，他的計謀也深深浸潤在中國傳統權謀文化的毒酒中，過於功利過於狠戾，卻根本缺乏大智慧。

江湖組織中秀才的作用

「秀才造反，三年不成」，這是市井社會流傳的一句諷刺知識份子不成器的話。為什麼知識份子造反，就會「三年不成」呢？我想原因無非在於，秀才們相對比較膽小，在關係身家性命的大事上，不敢出來挑頭。不過，一旦有人出來挑頭，拉起了一支武裝，揭出了反抗主流社會的大旗，如果不想迅速被對手所吞噬，那似乎又非得有秀才在後面搖鵝毛扇不可了。這又是為什麼呢？原因也很簡單，江湖中人只注重個人之勇武，往往習慣於鬥力，這在小規模的戰鬥中，也許可能是決定性的，但組織發展之後，在逐漸來臨的大規模戰鬥中，卻更需要「萬人敵」，「一人

敵」的作用已經被降到了最低限度。古人稱「兵法」、「計謀」為「萬人敵」，熟讀「萬人敵」，並將其靈活應用，則非讀書人不能辦了。這種局部的、戰術上的作用，還是「小焉者」，而更重要的，讀書人因為鑒往知今，又對山川地理形勢了然於心，所以他在組織發展的方向，也就是「路線」和「戰略」問題上，其發揮的關鍵性作用，更非武人能比。

以上所說，都是有歷史的根據的。正面的例子，早的，像劉邦之有張良便漸漸興旺，這是世人皆知的例子。後來到了明末，李自成和其他造反武裝一道起事，起初也顯不出什麼特殊的地方來，就是打不贏就跑，打得贏就劫掠一番，然後又去尋找新的目標，周而復始，宋獻策、牛金星、李岩等「秀才」的加入，卻使李自成的武裝漸漸有了亮點。這些讀書人勸李自成說，像你這樣做哪能爭取人心，哪是圖大事的樣子呢？在讀書人的指導下，「吃他糧，穿他糧，開了大門迎闖王，闖王來時不納糧」的口號在百姓中眾口流傳，李自成於此爭得民心，並一路「雄起」，直到攻破北京。反面的例子也有不少，早的可以舉與劉邦同時的項羽，自從走了范增，就每況愈下了。而就在宋江起事的同期，也有因不用讀書人之策而失敗的例子，這就是方臘的武裝。宋人一部筆記《獨醒雜誌》記載：當方臘剛剛攻下杭州，也就是其勢力最盛的時候，一個叫呂將的「太學生」（相當於今之國立大學的學生），給方臘出主意，說您不應滿足於佔據杭州這繁華之地，而應該趁勢直搗南京，「收其賦稅，先立根本，徐議攻守之計，可以為百世之業」，如果只準備攻破一個城子，搶得一些金銀財

寶，那就不是幹大事，而是做強盜了。方臘不以呂將之計為然，不久就失敗了。

如上所舉，幾個秀才給方臘和李自成出的主意，幾乎都是對全局發展有決定性影響的。而一個失敗，一個大獲成功，足見秀才的作用了。因此，我們固然可以說「秀才造反，三年不成」，但還有必要接著這句話再加一句，曰：沒有秀才，萬萬不成。

作為梁山這個江湖組織中極為稀缺的讀書人，吳用在梁山中的作用，是有目共睹的；吳用也正因其作用，而奠定了他在梁山大軍中核心領導人之一的地位。然而這裡有一個問題是需要辨明的：吳用的作用，究竟不過是局部的、戰術上的，還是戰略上的，對梁山發展有決定意義的？

有小術無大智

先來看一下吳用運用智謀的幾個最光輝的「傑作」。

智劫生辰綱。從密謀定計到最後得勝歸來，作為決策人，吳用可以說幾乎考慮到了每一個細節，從戰術上講堪稱盡善盡美。但透徹地說，這時晁蓋等人做的還純是強盜的勾當，智囊吳用聰明，也沒能提供一個相對長遠的規劃。計謀成功，也不過滿足於分贓，然後喝酒快活而已。

三打祝家莊，吳用有一個所謂「雙掌連環計」，其實說破了也稀鬆平常，就是讓投誠過來的提轄孫立，鑽到祝家莊當內應罷了。在中國的戰史上，運用這一類計謀的例子真如恒河沙數。我

等奇怪的倒是，以祝家莊武教頭欒廷玉的久經戰陣，在大敵當前的關鍵時刻，面對那麼大一幫全副武裝的漢子叩關，怎麼可能僅僅因為領頭者是久已失去聯繫的同門師兄弟，就輕易相信並委以重任？這個破綻不僅太大，而且可疑。退一步說，儘管這個所謂「雙掌連環計」最後奏效，而像這種對地方民團的戰鬥，對一支造反武裝來說，也根本不是什麼有決定意義的大戰役。

智賺盧俊義。我前面在〈盧俊義是怎樣聰明起來的〉一文中已經分析過，盧俊義之所以糊裡糊塗就著了吳用的道兒，實際上並不是吳用的計謀有多麼玄妙，而是盧俊義因為一生太順利，乃太驕傲，過於驕傲的人，是常常會把智商降到一個很低水平而不自知的。吳用設計將盧俊義賺上山來，讓梁山有了一個勇冠三軍的好漢，使這個江湖組織產生了一個「二把手」，表面看來，吳用的這一計似乎應該算是對梁山的發展有決定性意義了。其實並不然，盧俊義在梁山的領導地位只是一種名義，在梁山決策過程中作用甚微。讀《水滸》的人也都清楚，盧俊義雖然堪稱梁山第一條好漢，但自從他上了梁山，除了首戰奏功，生擒了射殺晁蓋的史文恭外，並沒有多少特出的貢獻。

……

以上都要算是吳用的「大手筆」，但平心而論，也許在局部上頗顯機巧，卻都談不上有什麼重大的戰略意義。當然，吳用畢竟是梁山上最聰明的人之一，他的聰明幾乎是無處不在的，大到一場戰爭，小到處理梁山紛繁的人際關係，都要特別借重這個秀才的頭腦，即如賺朱全上山，讓李逵劈死小衙內，據李逵的交

代，這都還是吳軍師的親自部署呢。細心考察，吳用的聰明多數時候就是表現在諸如殺死小衙內讓朱仝無路可走的事情上，這表明了吳用鬥智的一個重要特點，即受中國傳統權謀文化的薰染太深。中國傳統權謀文化可以「三十六計」為代表，充滿了血腥和狠戾的氣息，幾乎每一計都是「只問目的不問手段」，而不管計謀的成功後面，會有人付出怎樣的代價。稀有人性光輝映照的傳統權謀文化，在中國歷史上開出了一朵燦爛的惡之花，吳用浸泡於其中，視自己之外的任何人為工具，對世界上的一切全無絲毫的敬畏之心。那個可憐的小衙內，還只知道朱仝的長鬍子好玩，就死在了吳用的妙計之下，這又有什麼可以奇怪的呢？

吳用到底只是三家村中一學究，固然聰明極了，究竟缺乏遠大的眼光和寬廣的胸懷，沒有大智慧，所以只能以一點「小術」揚名於江湖。關於這一點，我們只要看看梁山幾乎一直沒有什麼戰略上的部署就夠了：梁山大軍始終坐困梁山泊一隅，滿足於打家劫舍，偶或攻城掠寨，也是搶了就走。梁山上匯集了二龍山、桃花山等各路人馬，但梁山的本質依然和這些占山為王的山大王一樣，缺乏一種積極進取的精神。在梁山何去何從的「路線」問題上，吳用也是風吹兩面倒，拿不出符合當時客觀情勢、有戰略眼光的決策，所以，他開始似乎對招安懷有戒心，而宋江一堅持，他也就跑到了宋江那一邊，可見他只擅長於局部鬥智，卻缺乏對大局進行深刻分析的能力。梁山接受招安之後，在那種險惡的形勢下，我們既未看到這位智多星在困境之中縱橫捭闔，也不見他對宋江連續損耗實力也就等於自取滅亡的做法提出異議。

　　概括說來，梁山大軍中的吳用，比不上李自成的宋獻策和牛金星，就是和他同時的那個向方臘獻計的太學生呂將相比，也要遜色多了。

　　《水滸》作者既給吳用安上了「智多星」的綽號，卻又讓其本名諧音「無用」，不知其中是否有一些深意。如果有的話，那他定然和我一樣，也是慨歎於吳用「有小術無大智」的吧？

十七 被裹挾的陶宗旺們

　　陶宗旺是梁山上一個極不起眼的人物，綽號「九尾龜」。雖然現在還不知道，「龜」這個字在宋朝是否和現代一樣，有什麼侮辱的含義，但有一點肯定是清楚的，即陶宗旺這個人物，於梁山這個江湖組織而言幾乎可有可無，他既不具備什麼特出的本領，而且很有可能相貌平庸甚至猥瑣，不是堂堂一表的英才。

　　陶宗旺的出場就頗具滑稽色彩。「摩雲金翅」歐鵬帶著一幫子人在黃門山落草，麾下有三條好漢，第一個是落第舉子出身的「神算子」蔣敬，第二個是「閒漢」出身的「鐵笛仙」馬麟，第三個就是陶宗旺了，書中說他「莊家田戶出身，能使一把鐵鍬，有的是氣力，亦能使槍掄刀」。古往今來的兵器譜上，似乎都沒有「鐵鍬」的位置，作者給陶宗旺安排一把鐵鍬當兵器，雖然與其出身契合，也許真能熟而生巧，但哪是走馬江湖的架式呢？當日陶宗旺居然就是揮著一把鐵鍬對來往客商大吼一聲：「此山是我開，此樹是我栽，要從此路過，留下買路財！」還不用作者細加鋪陳，我等對這一幕略想一想，就要忍俊不禁了。

　　上了梁山的陶宗旺在一百單八將的英雄座次中，排在七十二個地煞星中的第三十九位，其職責是「監築梁山泊一應城垣」，

算是充分發揮了此人「有的是氣力」的長處。儘管在梁山泊排座次的權力分配活動中有多種糾葛因素，但對像陶宗旺這樣沒有宗派背景，也不是各方都要爭著借重的人物，宋江的安排看來的確是「人盡其才物盡其用」了。「莊家田戶」出身的陶宗旺，在英雄濟濟的梁山上，除此之外，還能做些什麼呢？

本身是庸人，別人都不看重，在江湖組織中作用也甚微，難道這樣一個人物，就真的不值得後世讀者品讀一下嗎？不是的。其實陶宗旺在梁山上的地位是相當獨特的，張恨水先生就說梁山諸人，「真正以農家子參與者，則止一陶宗旺」。在我看來，《水滸》作者在專與主流社會對抗的梁山，安插進一個「真正以農家子參與」的陶宗旺，很可能大有深意存焉。

陶宗旺為什麼落草？

梁山上只有一個陶宗旺是「真正以農家子參與」，這是意味深長的。如果同意這種判斷，那麼我們過去那種把宋江造反界定為「農民起義」的做法，就站不住腳了：梁山大軍的組織和領導者中，晁蓋、盧俊義是地方豪紳，宋江是小吏，吳用是三家村的學究、是遊民知識份子，而其追隨者中，也不過只有一個陶宗旺是正宗的農民，這樣一群人嘯聚起來，打家劫舍，我們卻視其為「農民起義」，這未免太荒唐了一點。

像梁山這樣與主流社會和主流價值對抗的組織中，真正的農家子反倒是一個稀缺品種，這在歷史上並不奇怪的。先看一看

這些組織的領導者。秦時的陳勝雖然耕過田，但他起事的時候，身份是被朝廷徵調的軍人；唐時的黃巢是久試不第的讀書人；宋時的方臘，史書上說他「家有漆林之饒」，大概是一個經營工商業的小老闆；明時的李自成，原來是驛卒，後來遭遇裁員，算是失業軍人；⋯⋯再看最初的追隨者，其中往往都是和領導者過從甚密趣味相投的人，也不可能有多少真正的農家子。而只有在這樣一個人際圈中，一個蔑視主流價值，為主流社會所不容的人，才會在其追隨者中，特別具有馬克斯・韋伯所說的「克理斯瑪光環」。當然，隨著組織的擴大，組織的輻射能力空前得到加強，而組織的擴大又同時意味著社會秩序的進一步崩解，兩種力量的一進一退中間，越來越多身份不同訴求各異的人群被裹挾了進來，其中也會有一些真正的農家子。但如果要對組織中的種類進行準確劃分，那毫無疑問，農民還是人數最少、力量最小的一個人群。

與主流社會對抗的組織中，雖然很多常常打出「農民起義」的旗幟，但實際上真正的農民很少，這是為什麼呢？可以試從兩方面分析。首先是歷史上的農民都是守著一塊土地，聚族而居，受宗法觀念束縛最深，不僅為了自己，也為了家庭乃至家族的利益，他們就不願也不敢反抗；其次是歷代統治者只要絕非昏庸而兼殘暴，就知道把農民緊緊綁在土地上的妙用，所以歷代都很注意抑制土地兼併，一般不會發展到農民失去「土地」這個棲身之所和謀身之資的危險地步，樸厚的農人只要還有土地，就不會絕望，那為什麼要鋌而赴險呢？所以，中國的農民是非常能夠隱忍

的，官可以貪，吏可以橫，只要還有一口飯吃，他們就仍然還能安分守己地默守在這塊祖祖輩輩留下來的土地上。以致有的統治者對此都要忍不住感歎「多好的農民」了。

「只要還有一口飯吃，他們就仍然還能安分守己地默守在這塊祖祖輩輩留下來的土地上」，現在，他們中的一員——陶宗旺卻不願意繼續安分守己了，而是扛著一把鐵鍬，加入到了造反大軍中。

陶宗旺為什麼落草？

對這個問題，《水滸》一書表面上缺乏交代，但既然作者沒有敘寫陶宗旺的任何劣跡，那我們還是應該把陶宗旺看作中國樸厚農民中的一分子，並嘗試依據歷史的經驗，同時考慮宋朝的事實，進行分析。宋朝立國之後，因為既要備重兵提防窺邊的外敵，又要大力優待讀書人和文臣，提高其待遇以抑制武人，這兩項都是要耗費大量銀子的，而政府又非「下金蛋的母雞」，所需的「羊毛」還得出在「羊」身上，就只有加重賦稅盤剝一途了。所以，宋朝農民的負擔是極重的，遠遠超過唐王朝，這是陶宗旺面對的一個普遍的現實。然而僅此似乎還不足以逼得陶宗旺丟下土地去落草，那麼我們可以推測，陶宗旺在背負沉重賦稅，幾乎喘不過氣的同時，生活中肯定還遇到了另外一些很大的難題。如果說賦稅負擔已經接近了農民陶宗旺承受壓力的臨界點，那麼這些難題就像壓垮駱駝的最後一根草，終於讓陶宗旺對正常的市井生活徹底絕望，感到非落草不足以生存，只好一走了事。究竟是什麼樣的難題呢？依據歷史的經驗，只能是地方官吏的橫暴。

陶宗旺要逃離中國農民最鍾愛的土地，選擇的卻是歐鵬他們佔據的黃門山，這似乎顯示了他當時逃離的緊迫性，因為歐鵬他們純粹依靠打家劫舍，沒有什麼誘人的口號，「胸無大志」，而且幾個頭領本事低微，黃門山本來不是一個理想的棲身之所。然而對陶宗旺而言，只要有一口飯吃，沒有官吏的凌逼，他哪裡還會有什麼更高的要求？黃門山對陶宗旺來說，已近乎一個桃源樂土，更何況是後來的梁山泊呢？

陶宗旺是一個象徵

梁山上只有一個陶宗旺，但這個陶宗旺卻有著非同尋常的意義。

陶宗旺是一個象徵。

對梁山而言，陶宗旺的存在，表明了這個組織的巨大包容性，可以對陶宗旺的同類起到很好的示範作用。不論後世的歷史學家給梁山這樣的江湖組織賦予多麼堂皇的意義，但回到歷史現場，卻不能不承認，樸厚、謹慎的陶宗旺們，原本對梁山這樣的組織是非常抵制和排斥的，他們呼其為「賊」、「強盜」，並不一定是在官方脅迫之下的無奈之舉。可是，梁山上因為一個陶宗旺，對陶宗旺們無形之中便有一種親和力了。如果梁山上的陶宗旺還能擁有和享受鄉人們做夢都想不到的一些東西，那就還具備了強烈的心理暗示作用，這樣，更多的陶宗旺們就會被裹挾進

來，匯聚到向主流社會和主流價值示威的洪流中，這對梁山這樣的江湖組織絕對有利無弊。

對主流社會而言，陶宗旺之逃離土地而奔赴梁山，表明這個社會已經到了非常危險的邊緣，這是一記響亮的警鐘。前面說過，像陶宗旺這樣的人，只要還有一口飯吃，他就不會丟下世代相守、自己最鍾愛的土地，而現在陶宗旺的逃離分明顯示，他已對「還有一口飯吃」完全不抱任何希望了。一個社會只要還略有知覺，對此就必須追問：究竟是什麼讓陶宗旺失去最後的一絲希望？像陶宗旺這樣的人，整個社會中還有多少？……追問的目的是為了趕快找到解救的措施，加緊社會的自我更新和改造。如果一個社會對陶宗旺的逃離完全不以為意，一點兒知覺也沒有，或者只知道用強大的機器大加撻伐和征討，卻根本缺乏一種自省的勇氣，那就只有一個結果，即激起越來越多的陶宗旺們背離這個曾經是主流的社會，而「背離」將不僅是身體上的，更是心靈上的。陶宗旺們都要背離了，其他階層又會如何豈非不言而喻？於是，如此一來，這個曾經是主流的社會，其崩解之期也就指日可待了。

第二輯

腥風伴血雨：事件篇

一 十字坡上的冤魂

據說唯英雄能識英雄，能敬英雄，所以，即使武二郎害了瘧疾，病懨懨地在柴進的莊上苦熬時光，宋江還是一眼就看出來了，這是一條好漢。可是，英雄的脾氣和個性往往是不能按常人的思維去理解的，英雄固然常常能夠識拔英雄，也難免會因各自頭角崢嶸互不相下，乃至一言不合撥刀相向。然而英雄又畢竟還是英雄，哪怕是拿性命相搏，鬥到最後終於知道不過是誤會，大水沖了龍王廟，於是「兄弟，咱倆一夥」，便前嫌盡釋，在大塊吃肉大碗喝酒的快意中唱響笑傲江湖曲。

這樣的英雄會是《水滸》中屢見的。那一回書中，武松為兄報仇，鬧出人命官司，主動投案自首，結果發配孟州，和兩個押解的公人路過十字坡張青、孫二娘夫婦的黑店時，就演出了這樣一場不打不相識的英雄會的好戲。這樣的場面作者寫來舒暢，讀者讀來也覺俠氣滿紙，痛快淋漓。後來《水滸》被拍成電視劇，編導還煞費苦心地為劇情配上了氣勢豪邁的音樂。於是觀眾便在一種迷醉中為英雄們鼓掌歡呼，慶幸英雄識英雄，豔羨英雄們的快意恩仇。只是，當此之際，可曾有人想起十字坡上的冤魂？

　　「冤魂」兩字絕非危言聳聽。先看看這張青夫婦的來歷。張青自述「原是此間光明寺種菜園子」，也算是窮苦大眾出身了，可是此人卻十分暴虐，僅僅「為因一時間爭些小事，性起，把這光明寺僧行殺了，放把火燒做白地。」張青和僧眾的衝突似乎與魯達相似，不過，下級軍官魯達再好酒胡鬧，把五臺山弄得雞飛狗跳，卻從來沒想過要對那幾個念佛的和尚痛下殺手，對管教他的長老也始終不失禮數，所以魯達大鬧五臺山上演的是喜劇，而面對張青的光明寺的僧人則就太不好玩了，居然還會丟掉性命！因一點小事就殺了人放了火的張青從此靠「剪徑」為生，後遇孫二娘那原來也靠「剪徑」謀生的父親，又是一齣「英雄會」，打鬥一番，對上「咱倆原來一夥」的暗號後，張青入贅為婿，娶了孫二娘，在十字坡上開了這家酒店。可以看出，雖然張青的階級出身足夠光榮，但其個人品性是很成問題的，即使不以所謂的封建禮法的標準來要求，只是用一個安份守己百姓的眼光衡量，一般人等也會對張青大感恐懼。一言以蔽之，張青整個兒就是一「流氓無產者」的典型代表！這樣一個張青，和「剪徑世家」出身的孫二娘結為夫妻，開一家酒店，其酒店的性質還用得著去問嗎？果然，書中張青一席話說得明白，這酒店名義上「賣酒維生」，「實是只等客商過往，有那入眼的，便把些蒙汗藥與他，吃了便死，將大塊好肉，切做黃牛肉賣，零碎小肉，做餡子包饅頭。小人每日也挑些去村裡賣，如此度日」。我們通常所謂「黑店」，不過以勒索欺詐客人為能事，都是要錢不要命的，最屬害的也不過對不服氣的客人來一場群毆，傷幾條胳膊斷幾條腿，可

是張青的酒店卻是錢命都要，誓不留活口，甚至連死屍都不放過，還要做成人肉包子，非將其價值榨取殆盡絕不甘休，黑店真是「黑」到家了！

而就是這樣的黑店，卻似乎很少讓《水滸》的讀者生出恐懼和厭惡之心，在梁山一百單八將中，我們也一向把張青夫婦和林沖、魯達等同看待，視作勇於反抗惡勢力的英雄人物，孫二娘更因其性別，一度被戴上了更多更高的帽子。這樣一種結果，如果以張青夫婦的行為來對照，委實太讓人困惑了。仔細探究，不難發現，原來許多人抱有這樣的心理：張青夫婦所開的雖是黑店，只要它只是對惡人下手，以暴制暴，又有什麼不好呢？且不說一個惡人是否就應該遭到這樣殘酷的懲罰，這樣殘酷的懲罰是否又應該由張青夫婦來執行，就是所謂張青夫婦只對惡人下手的猜測也是嚴重的誤解，是一種對草莽人物的想當然。

十字坡的黑店的確有一些越過常軌的地方，比如張青就立下了三條奇特的規矩，要求孫二娘對三類人網開一面，三類人分別是：「雲遊僧道」，「江湖上行院妓女之人」，「各處犯罪流配的人」。除了妓女，張青是怕對她們下手毀了江湖上的名聲，另兩類大概是他心目中可能隱藏英雄豪傑的，至於這三類人以外的其他各色人等，則無疑全不在憐惜之列了。試問，那些不幸沒做皮肉生意，沒犯過法沒被官府流配，又非僧非道的人物中，難道就都是活該送命的「惡人」嗎？黑店重點針對的是「過往客商」，如果不對宋朝民眾的基本道德水準詆毀太甚，想來這些客商中多半還是以本份生意人居多，卻糊裡糊塗地斷送了生命，你

說冤是不冤？其實就是張青擬訂的「三不殺」的制度，在實踐中也並沒有得到很好的遵循，魯達是僧人，就差點被孫二娘剁了，還有一個「頭陀」，張青回來遲了一步，已被「卸下四足」，至於武松，明明是被差役押解的犯人，應在黑店的「赦免」之列，但因孫二娘見他「包裹沉重」就「一時起意了！」看來，決定殺還是不殺的一是看其包裹沉不沉，二是看是否殺得過，武松之所以不死，實在只是因其精明和勇武，孫二娘起了殺機，卻終究殺不過也。

幼時讀書，讀至此處好生奇怪，想那武二郎講究恩怨分明以眼還眼，現在他差一點就「人為刀俎我為魚肉」，為什麼卻沒有表現出絲毫憤怒？更重要的是，武二郎向來是作者安排的除暴安良的血性男兒之典範，在他身上寄託著弱者們希望掃盡天下不平事的理想，可是現在張青夫婦已明白陳述了黑店殺人越貨的事實，他自己的親身體驗也足以證明，在他之前，定有無數像他這樣，只是路過此地討碗酒喝的人，不明不白地做了屈死之鬼。武松也理應清楚，在這樣純粹劫財害命的勾當中，即使是連江湖人所講的道義也是一點兒都談不上的，也就是說，張青夫婦所為早已越過了「盜亦有道」的底線，然而，我們那個象徵鋤暴安良的打虎英雄武二郎，怎麼對這一切竟是不聞不問毫不憐惜，相反還與張青推杯換盞稱兄道弟起來了呢？後來經事既多，漸漸悟出來了，這是一種奇特的英雄觀在起作用，在像武松、張青這樣的人眼裡，不安份者敢下辣手者方可稱英雄，一個人循規蹈矩老老實實，就是庸夫愚婦，就是群氓之一，天生應該默無聲息地供英雄

驅策，如果幸乎不幸乎被英雄踩踏到了，斷送了老頭皮，簡直就是活該如此。昔人說「唯大英雄能活人殺人」，意思是英雄自有支配他人生死的權力，被支配者是無權置喙的，讀懂了這句話，當然也就讀懂了十字坡上這奇特的一幕英雄會。

英雄當然是懂得憐惜英雄的，儘管武松差點成了孫二娘的案頭之肉，但一番打鬥之後，相互探清了底細，確認雙方都是同一類型之人，馬上便能換貼子拜為兄弟，武松還能謙恭地說一句「甚是衝撞了嫂嫂，休怪！」在這樣一種英雄觀的支配下，英雄打後相識，喝酒，換帖子，縱談江湖，都是多麼快意的事啊！在這種氛圍中，要讓武二郎想一想十字坡上的那些無數冤魂，甚至指望他代這些冤魂向慘劇製造者興討伐之師，伸張一下正義，實在是太難為武二郎了。可笑武松在與張青夫婦推杯換盞之際，還大言不慚地勸慰在一旁嚇傻了的兩個公人，說什麼「我們並不肯害為善的人」！

我一直想不明白的還有一個問題：《水滸》流傳數百年，讀者如恒河沙數，為什麼至今絕大多數讀者還是為這一段英雄會而歡欣鼓舞？為什麼至今不見有人提醒我們注意英雄會後的冤魂？這是一種怎樣的閱讀心理和集體無意識？究其實，在綿延數百年的讀者群中，多半還是武松、張青們看不上眼的庸夫愚婦，他們難道不知，為這出英雄會助興增色的冤魂的絕大多數正是自己的同類，從某種角度說其實正是自己？

英雄會的尾聲，張青引武松到人肉作坊裡參觀，「見壁上繃著幾張人皮，梁上吊著五七條人腿」，菜園子張青明顯有在新

結識的兄弟面前炫耀手段的意思，可惜打虎英雄武松終究見多識廣，全無表示，為這樣的景象瞠目結舌的倒是我輩讀者，我們真不能不佩服張青夫婦人盡其才物盡其用的精明：沉沉的包裹到了張青夫婦手中，人肉做成了包子，人皮被繃製，人腿也被醃乾吊了起來，想必都各有用場，這些冤魂的價值利用得何其充分！在我之前讀《水滸》的人中，倒也有一個特別注意了這幾張人皮和五七條人腿，他就是明末清初以批點小說詩文出名的怪傑金聖歎，當年金聖歎批點到這一段時，分別在這兩句話後面批了個「妙」字，現在我們自然無法起金先生於地下，向他請教這兩句毛骨悚然的話究竟妙在何處了，但我有一個基本的判斷，這就是：如果我們現在仍然為這段英雄會的故事簡單地大鼓其掌，老實說，那幾乎可以證明我們的思想和觀念還停留在金聖歎的時代。

二 「敢笑黃巢不丈夫」

　　宋江被刺配在江州，一日醉後登潯陽樓，「臨風觸目，感恨傷懷」，惹動心事，一時興起，在酒店牆壁上題了一首詩和一闋詞，詩曰：

　　　心在山東身在吳，飄蓬江海謾嗟籲。

　　　他時若遂凌雲志，敢笑黃巢不丈夫。

　　這就是後來被黃文炳指為「反詩」的一首七絕。如果相信古人所說的「詩言志」，那麼，黃文炳的判斷未必全是虛妄。這不僅因為黃巢是誰眾人皆知，還因為宋江在那首詞裡公然宣稱「他年若得報冤仇，血染潯陽江口」。

　　金聖歎批《水滸》，曾經對此困惑，「寫宋江心事，令人不解，既不知其冤仇為誰，又不知其何故乃在潯陽江上也」。的確，探究宋江此前之行事，我等委實不知他真有什麼了不得的冤仇。所謂「冤」者，理應是無辜被謗被害也，宋江幾曾有過這樣的遭遇？黃文炳抓住他的把柄要興大獄，要算他個人的仇敵了，但宋江寫詩時還沒有發生呢。而在此前，且不說他私放晁蓋，那

滔天大罪無人追查，導致他直接吃官司的是因為殺了閻婆惜，這樣人命關天的事最後都大事化小了，他究竟有什麼冤屈？難道他還把死在自己手裡的閻婆惜和苟延殘喘的閻婆視為仇人？更奇怪的是，他居然把怨氣撒在潯陽江上，聲稱要「血染潯陽江口」，江州百姓可有任何對不住他的地方？就是官府，在他寫「反詩」之前，因為有節級戴宗的法外施恩，宋江的發配生活不是仍然過得有滋有味，還可以到處亂轉，喝酒題詩嗎？

考察宋江的心事，應該把這一詩一詞合而觀之。宋江為什麼有「血染潯陽江口」這樣暴虐的志向，又為什麼要笑黃巢不丈夫，無疑是有一種心結的，而正是這個心結，使他把自己和黃巢聯繫起來了。

這個心結是什麼呢？筆者以為就是「科舉」。

黃巢這個人，《新唐書》和《資治通鑑》上都說他「善騎射，喜任俠，粗涉書傳，屢舉進士不第，遂為盜」，都認為黃巢起兵造反的原因是在科舉考場上失利，鬱悶不平。也許有人會不以這種記載為然，但《水滸》中的王倫，不就說是因為考不上秀才，「憋不住鳥氣」，才上山落草的嗎？也許這還只是小說家言，那麼到了中國近代，就又有人鮮活地證實了這種判斷，這個人就是「多次到廣州考秀才，都沒有考上」的洪秀全。

至於《水滸》中的宋江，雖然沒有明確說到其是否應舉，但據他自己所說，「自幼學儒，長而通吏」，和當時宋朝舉國尊崇讀書人的社會氛圍，很難想像宋江既然是「自幼學儒」，卻又不想去博得一個科舉的所謂「正途出身」，很難想像像宋江這樣

懷有志向的人，會甘心屈沉下僚，滿足於當一個小吏。按我的判斷，宋江要麼是和黃巢洪秀全一樣，屢考不利，終於失望，要麼是對自己文才的自信心不足，連考場都不敢上。

考場上失利的人很少有不怨恨考官偏心或乾脆認為其有眼無珠的；即使是連考場都不敢上，也並不妨礙宋江他們有另外一種自信心，即認為自己雖非文曲星，但定國安邦之才還是有的，如果說考場的寵兒是小才，那他們理應是大才。無論是「怨恨考官偏心或乾脆認為其有眼無珠」，還是「認為自己雖非文曲星，但定國安邦之才還是有的」，面對社會捧抬考場寵兒卻冷落自己，黃巢、宋江們都會有懷大才而不見用的憋屈之感，也就是宋江所慨歎的「名又不成，利又不就」，安能不生起一股憤怒之火？

對黃巢、宋江、洪秀全們與科舉制度的這種糾葛，今人多採取同情的視角，認為適足暴露了科舉的根本缺陷，證明這是一個僵化的、壓制人才的制度。然而，如果我們肯放棄先入為主的態度，不是簡單的以今例古，而是回到歷史現場，就不得不承認，黃巢、宋江乃至後來的洪秀全們在科舉考場不得志實為一種必然。

如果黃巢、宋江成為科舉寵兒

對歷史上存在的各種制度，錢穆先生認為有兩種意見，一種是「歷史意見」，指制度實施過程中有關各方意見之反映，另一種是「時代意見」，指後代人單憑自己所處的環境和需要，

對歷史上已往各項制度的看法。在錢穆先生看來，「時代意見並非是全不合真理，但我們不該單憑時代意見來抹殺以往的歷史意見。」如果肯少用「時代意見」，多參考「歷史意見」，就得說，今人痛批的科舉在當日自有相當的合理性，它是應運種種人事需要，經過長期醞釀逐漸成熟的，堪稱那時選拔人才的一項先進制度。當然，世界上從來沒有一項完美無缺的制度。科舉考試只是確定人才的標準之一，它的好處是把這種標準清晰化了，避免了許多暗箱操作，缺點是過於程式化了，很可能埋沒一些真正的人才。然而我們試問，有哪一種選才制度能夠保證所有人才都脫穎而出？

今人還常常想當然地認為，科舉考場上肯定請託風盛行，考官徇私舞弊嚴重，揆諸實際，這也是相當不公平的。唐以後，除蒙元政權外，所有最高統治者都是最看重這個「掄才大典」的，對考場舞弊行為的懲罰也最為嚴厲，即使是親貴也毫不寬貸，雖然還不能保證就沒有漏網之魚，但不能不說，舊時科舉對平民知識份子而言，是進入上層階級最公正、最有效的方式。就科舉的遊戲規則而言，固然可能遺漏一些真正的人才，但一個缺乏應對規則能力的人，卻很難成為考場上的成功者。

黃巢們是科舉的失敗者幾乎是一種必然。黃巢、宋江、洪秀全等人雖然留下的文字不多，但從這些不多的文字可以得出一個結論：對科舉考試，他們要麼是對其遊戲規則十分蔑視，不願意上心，要麼根本缺乏應對規則的能力。這樣的人在考場上失利，只能說是科舉選才的題中應有之義，如果他們成為考場上的寵

兒，反倒才是一件荒謬的事，那對所有寒窗苦讀、付出了難以想像之代價的書生來說，未免太欠公平了。

用什麼來證明自己

　　心理學家分析，人都有彰揚自己的欲望，特別是對一個自視甚高的人來講更是如此。而黃巢、宋江、洪秀全們偏偏就是心高氣傲的人物。在他們看來，科舉羞辱了自己，他們亟需要用一種東西來證明自己的力量。幸乎不幸乎，舊時代給予知識份子彰揚能力的途徑過於狹窄了，不能像今人這樣，上不了大學，就去商海闖蕩，他們往往只好走上一條為舊倫理所不容的道路。而要命的是，在黃巢、宋江、洪秀全的時代，秩序失範的現實更刺激了他們的雄心。

　　絕不是所有在科舉中敗北的讀書人都有證明自己能量的機會，更多的人只是周而復始地讀書、再考、再讀書，結果老死牖下。有一些人等到了機會，卻未必會有足夠的膽略。黃巢、宋江、洪秀全正好什麼都不缺。

　　黃巢、宋江、洪秀全們等到了證明自己非凡能量的機會，這於其個人而言，是幸運還是不幸，當然只好讓他們自己去判斷了，這有點像那個鞋與腳趾頭的比喻。而對於很多不相干的人來說，卻往往意味著顛沛流離甚至流血殺身。曾經有一個時期，我們喜歡在黃巢、宋江們身上賦予太多的光環，卻很少有人追問：

為了顯示自己的能力，就必須讓這麼多並不相干的人付出這麼大的代價嗎？

自視過高的人是不能被隨便羞辱的，儘管羞辱黃巢們的是制度而不是某一個人，但他們的怨毒情緒卻只能撒向每一個個活生生的個體。歷史有眼，在讓歷史學家進行宏大敘事的同時，還留下了他們充滿怨毒情緒的片言隻語，足夠我們揣摩。黃巢據說留下了兩首詠菊的詩：

颯颯西風滿院栽，蕊寒香冷蝶難來。
他年我若為青帝，報與桃花一處開。

待到秋來九月八，我花開後百花殺。
沖天香陣透長安，滿城盡帶黃金甲。

這後一首的題目就是〈不第後賦菊〉。讀慣古來菊花詩的人們，都會為這樣兩首充滿驕矜和殺伐之氣的詩歌而驚詫。只有後來在長安上演了「天街踏盡公卿骨，內庫燒為錦繡灰」（出自韋莊〈秦婦吟〉詩）的人間慘劇後，你才會讀懂「沖天香陣透長安，滿城盡帶黃金甲」的深意。宋江則還要笑這樣的黃巢不是丈夫，因為他的志向更顯豁，明明白白是要「血染潯陽江口」的。至於後來的洪秀全，則賦詩宣稱自己「手握乾坤殺伐權，斬邪留正解民懸」，手握殺伐權，能夠隨便進行「斬」、「留」是顯而易見的，「解民懸」云云，則不說也罷！

當日宋江帶領梁山大軍擒獲了通判黃文炳，質問：「你既讀聖賢之書，如何要做這等毒害的事？」然後眾好漢「割一場，炙一塊，無片時，割了黃文炳」。生吃對手，即使是在梁山這個江湖組織中，似乎也不多見，宋江對黃文炳的怨毒之深，除了黃文炳這廝總能看破宋江的伎倆，竭力主張嚴厲鎮壓外，難道與黃文炳的「正途出身」沒有一點關係嗎？

三 遺囑背後的「義」和「利」

晁蓋是《水滸傳》中一個讓人困惑的人物。梁山好漢之發跡，始於智取生辰綱，而做下這椿驚天大案的為首者，正是那東溪村保正晁蓋。想那晁保正登臺亮相何其雄也，「晁蓋獨霸在那村坊，江湖都知他名字」；奪取生辰綱，又是何等運籌帷幄指揮若定！直到上了梁山，雖手段不甚光彩，其坐上寨主之位倒也名至實歸。可是在此之後不久，晁蓋的光芒突然黯淡了下來，這一切都緣於那鄆城小吏宋江。

人們憑直覺知道，自從宋江上了梁山，在這樣一支向來以「義」字相號召的造反隊伍裡，在這第一、二把手之間，肯定有什麼不對勁兒的地方，然而不知作者是有意掩藏，還是筆墨照顧不周，人們看到的始終是那麼一番「兄弟怡怡」的場景，很難發現兩人關係變僵的事實。批《水滸傳》的金聖歎也是不滿宋江的，他也認為晁蓋被宋江架空了，所舉的唯一例證是宋江每逢廝殺便不讓晁蓋上陣，但在持平常心的人看來，這不正是表示一種對兄長的愛護嗎？

《水滸傳》的作者畢竟是大手筆，他彷彿不經意地讓晁蓋留下了口頭遺囑，而這正是窺破晁、宋兩人關係實質的關鍵。

晁蓋遺囑的字裡字外

晁蓋攻打曾頭市，中了教師史文恭的毒箭，回到山寨，在眾人的環顧中，「轉頭看著宋江，囑咐道：『賢弟莫怪我說：若哪個捉得射死我的，便教他做梁山泊王。』言罷，便瞑目而死。」

初看起來，這道遺囑倒也稀鬆平常，但字裡字外實極富深意。先看它字面上的意義，晁蓋要求親手為他報仇的人才能繼承他的位置，這既是江湖中人的固有作風，也符合恩怨相抵互不拖欠的江湖法則，晁蓋說出這樣一番話，梁山好漢不會感到意外，在這群快意恩仇的男人心目中，晁蓋理當如此，也只有履行了為舊主報仇義務的人，才具備了坐寨主之位的合法性。從字面上看，晁蓋的遺囑讓人挑不出任何毛病。但這裡有一個問題：新寨主為晁蓋報仇是一種義務，可是否只有親手捉住史文恭才算報仇了呢？領導和指揮眾兄弟，擒獲史文恭，算不算報仇？從情理上說，如果經過周密部署，梁山打破曾頭市，捉住了史文恭，按功勞大小，這種指揮之功應該說還在親手擒獲史文恭之上。可是晁蓋遺囑分明是把這種功勞排除在外的。這就要說到這道遺囑字裡的意思了。細細品味，其要害唯在於從根本上杜絕宋江做梁山泊寨主的可能性。為什麼這樣說呢？想那史文恭武藝超群，梁山眾好漢中，堪堪是其敵手的並不多，而能生擒之就更稀如星鳳了，何況手無縛雞之力的宋江？按照一般的邏輯和宋江在梁山泊的地位，晁蓋死後空出來的寨主寶座理應自然遞補給二把手宋江，但臨死前的晁蓋偏偏要當著眾弟兄的面，口授這麼一道遺

囑，給宋江繼位橫下一道他註定無法跨越的「門檻」，這不是明擺著不讓宋江接班嗎？這道遺囑正如一道閃電，射穿了平日晁、宋兩人「義字當頭」的華麗外衣；儘管《水滸傳》作者並未花費很多筆墨描摹晁、宋兩人平日如何相處，但這一道遺囑已經透出了太多意味深長的消息。

宋江對遺囑的態度

宋江對這道遺囑肯定是不滿的，晁蓋自己無疑也知道這一點，否則他就不會事先聲明一句「賢弟莫怪我說」。晁蓋要宋江莫怪他說，面對眼看唾手可得的寨主寶座卻遙不可及，宋江又怎麼會不「怪他說」呢？只是這種不滿，他不會公開表露罷了。

在已故一把手遺囑的威懾下，身受江湖法則制約的宋江只是應眾人「強烈要求」，「勉強」代理梁山泊王。怎樣去執行晁蓋的遺囑，這就成了宋江所面臨的一個難題。現代政治學非常強調一種統治的合法性，江湖秩序的建立，也是要講究合法性的，哪怕是純暴力的比拼，最後成者王敗者寇，仍然有一種東西在決定統治的合法性，即暴力最為厲害的人才會得到被統治者的臣服。而在梁山，要想得到統治的合法性，就不能不去打曾頭市，擒史文恭，在梁山好漢面前證明自己如何堅決地執行了已故一把手的遺囑。然而以宋江的低微武藝，又明擺著擒不了史文恭。怎麼辦呢？晁蓋身亡之後，我們看到代理梁山泊王宋江劍鋒一轉，出人意料地去運用大量人力物力計誘盧俊義、攻打大名府，彷彿曾頭

市的射殺晁天王之仇他已全然忘卻，這是為什麼？應該說這是宋江面對難題所採取的一個最高明的辦法，對晁蓋的遺囑，我不說執行，也不說不執行，卻顧左右而他。其實這也怪不得宋江，既然江湖行走講究一個「義」字，他宋江就不得不表面唯晁蓋之遺囑是從，但既然他明擺著擒不了史文恭，那也就只好暫時對這道老寨主的遺囑進行「冷處理」了。如果不是曾頭市不知死活，又搶了梁山的好馬，宋江是否還能記起晁天王之遺恨，還會興兵去打曾頭市？金聖歎在宋江聽說好馬被搶大怒那一段，對宋江來了段冷嘲熱諷：是馬被搶重要，還是給晁天王報仇重要？你宋江為什麼輕人重馬？金聖歎的眼光真是銳利極了。

晁蓋遺囑成為空文

後來盧俊義生擒了史文恭，宋江推盧坐頭把交椅，盧拼死不從，李逵大吵大嚷，吳用更是大使眼色，鼓動風潮，幾乎形成僵局。這裡，眾人不服盧俊義應屬事實，而宋江的謙讓則還有許多講究。晁蓋的遺囑始終是高懸在宋江頭上的一柄達摩克利斯之劍，現在，既然是盧俊義生擒了史文恭，那按照遺囑要求，事實上宋江不能不推盧員外做寨主，這是一個迫不得已的動作。宋江的真實想法如何？我們看他「擁戴」盧俊義時舉的三條理由就明白了。這三條理由是：「員外堂堂一表，凜凜一軀，眾人無能得及」；「員外生於富貴之家，長有豪傑之譽，又非眾人所能得及」；「員外力敵萬人，通今博古，一發眾人無能得及」。這三

條理由的奧妙在哪裡呢？全是揚盧俊義而抑眾好漢的，在刀尖上討生活的人，怎能服氣？這不是人為挑起眾人對盧俊義的不滿嗎？更有玄機的是，盧俊義如果坐上王位，最過硬的理由應該是生擒了史文恭，不折不扣地執行了老天王的遺囑，可是宋江對這一條偏偏視而不見！宋江之心思不是呼之欲出嗎？

宋江虛推盧俊義，眾人不滿，盧俊義也不肯坐，於是宋江彷彿很無奈地想了一個折衷的辦法，就是宋江和盧俊義各領一軍各攻一地，「先打破城子的，便做梁山泊主」。從當初晁蓋「哪個捉得射死我的，便教他做梁山泊王」，到現在的「先打破城子的，便做梁山泊王主」，晁蓋的遺囑就這樣成了一紙空文。這個轉換的過程看上去又是那麼自然和合乎情理，我輩讀者不得不佩服宋江的手段！

在宋江、盧俊義各領一軍各攻一地的戰鬥中，也有很多奧妙，我將在另一篇文章〈奪鼎之戰〉中詳加分析。且說宋江如願以償先破城池，似乎是天意的昭示了，而違反天意是會遭到懲罰的，於是宋江「推辭不得」坐了寨主之位，盧俊義屈居次席，建立了梁山泊最新的權力架構。

有人問，在攻下曾頭市、擒獲史文恭後，面對宋江的「擁戴」，盧俊義不肯謙讓又會如何，畢竟那可是老天王的遺囑啊。筆者不禁想起一段故事：當年劉備白帝城托孤，說如果劉禪不中用，諸葛亮可取而代之，諸葛亮誠惶誠恐。後世有酷評家說，幸虧諸葛亮識相，否則那埋伏的刀斧手是吃素的麼？……不要說故事荒誕，真相也許往往就蘊藏於荒誕之中呢。

四 奪鼎之戰

　　盧俊義在攻打曾頭市一役中，生擒了射殺晁蓋的史文恭。這對宋江吳用來說，顯然是非常意外的，因為在戰前的部署中，初上梁山急於建功的盧俊義請命作先鋒，卻被吳用以「員外初到山寨，未經戰陣，山嶺崎嶇，乘馬不便」為由，要他「別引一支軍馬，前去玉川埋伏」，明顯是脫離了主戰場，從情理上講也就大大降低了與曾頭市大將史文恭正面交鋒的機會。可是人算不如天算，那史文恭偏偏奪路而逃，偏偏走到了盧俊義事先埋伏的路上，被盧俊義生擒。這樣一個局面對宋江、吳用來說又是非常尷尬的，因為眾人皆知，晁蓋有「哪個捉得射死我的，便教他做梁山泊王」的遺囑。

　　在這樣一種沮喪而又尷尬的局面裡，按常規思維，大概只會有兩種選擇。一是唯老天王遺囑之命是從，既然是盧俊義生擒了史文恭，即使心裡有千萬個不情願，也讓他當梁山泊王。但如果真如此思維，也就不是宋江了。第二種選擇，是悍然置遺囑於不顧，仗著深厚的群眾基礎，霸王硬上弓地把盧俊義推到一邊，自己坐上寨主之位。但這又顯然於江湖道義有虧，按現代語言叫失去了統治的合法性，難以長久服眾。宋江到底是宋江，他突破了

常人思維的局限，選擇了第三條道路，頓時峰迴路轉，宛如下圍棋的人在死定的一塊棋中出人意外地鑿了兩個眼，讓人驚歎。

宋江的選擇是什麼呢？「目今山寨錢糧缺少，梁山泊東有兩個州府，卻有錢糧：一處是東平府，一處是東昌府。……可先寫下兩個鬮兒，我和盧員外各拈一處，如先打破城子的，便做梁山泊主。」這看上去倒的確是一個公平合理的辦法：誰打哪座城池，靠的是拈鬮，這是天意；至於攻城，當然要看實力，但宋江、盧俊義各領一軍，實力好像旗鼓相當，在實力相當的情況下最重要的也還得看機遇，看老天給誰的機會更多一些。在這裡，宋江似乎是把王位之爭的裁判權託付給了冥冥中的上天，中國人都是崇信天命的，即使是江湖豪傑。宋江如此處理，真是讓人挑不出一點兒瑕疵。

宋江、盧俊義各領一軍各攻一城，這不是普通的戰鬥，而是一場決定誰為梁山泊王的奪鼎之戰。在這樣一場比速度的戰鬥中，似乎誰都不敢肯定哪一方會獲得勝利，其實不然，勝負早就在戰鬥打響前就已鑄定了。為什麼這麼說呢？

排兵佈陣的玄機

先看一下宋江、盧俊義各自的人馬。雙方都是「大小頭領二十五員，馬步軍兵一萬，水軍頭領三員」，至於大將，宋江有林沖、花榮等人，關勝、呼延灼等則劃歸到盧俊義帳下，初看上去，雙方實力的確不相上下。問題出在吳用身上。這智多星原

是宋江須臾不能離的軍師，宋江每打一場戰鬥，都少不了此人的
奇計妙算，誰會想到，在這樣一場決定誰為梁山泊王的奪鼎之戰
中，宋江卻偏偏把這樣一個足抵數萬精兵的智囊讓給了盧俊義。
裡面難道還有什麼蹊蹺？當然有的！宋江的這種安排，堪稱一石
二鳥。「瞧瞧，我把吳用都忍痛讓給了盧員外，我想推盧員外當
梁山泊王的心意還會假嗎？」除了給旁觀者這樣一個大公無私的
印象，更重要的是，吳用是竭力反對盧俊義而拼命擁戴宋江的，
把這樣一個人安插在盧俊義軍中，既能隨時探明對方的動向，甚
至必要時候還可以起到掣肘的作用。也就是說，智多星劃歸到盧
俊義帳下，可憐的盧員外不僅未受其益，反倒會先受其害！

　　而事態的發展正是按宋江的謀劃順利進行的。本來，宋江
打那東平府，遇到了很大的麻煩，向「雙槍將」董平勸降的兩個
小頭目挨了一頓毒打，派到城中作間諜的史進又被原來相好的娼
妓告發，打入了死牢。扭轉局勢的一如既往是那個原在盧俊義帳
中的吳用。「卻說宋江自從史進去了，備細寫書與吳用知道」，
明明按戰前部署，吳用劃歸了盧俊義，理應為盧俊義效力，這一
句話卻把天機洩露無遺：原來吳用人在哪一方一點兒也不重要，
重要的是看他願意為誰效勞，現在吳用雖在盧俊義軍中，宋江大
小事情不是仍然要靠吳用拿主意嗎？這與吳用在宋江軍中有何區
別？更耐人尋味的是，「吳用看了宋公明來書，說史進去娼妓李
睡蘭家做細作，大驚。急與盧俊義說知，連夜來見宋江」。吳用
看出了宋江的失策，看出了史進的危險，也就是看到了宋江在這
場奪鼎之戰中的不利局面，一個「連夜來見宋江」充分顯示了他

的焦慮。可是盧俊義這邊就不需要他的智謀了嗎？須知，盧俊義打東昌府因為遇上了善打飛石的「沒羽箭」張清，也並不順利。而按理說，盧俊義使用他是天經地義的，宋江用他卻名不正言不順。這只能說明一點，雖然戲演得十分到位，但一旦到了奪鼎之戰的關鍵時刻，宋江、吳用等人連表面的一點姿態也顧不上了。

經過這樣一番謀劃，宋江對這場奪鼎之戰實際上已成竹在胸志在必得。梁山好漢擒獲了雙槍將董平，宋江說了句勸誘的話：「倘蒙將軍不棄微賤，就為山寨之主」。後來宋江如願以償做了梁山泊王，動輒就對那些降將假模假式地許以寨主之位，這原本是其慣用伎倆，可是現在卻嫌說得太早了點，因為並未分出勝負的奪鼎之戰還在如火如荼地進行之中呢，這時的宋江本來就還不是梁山泊王，憑什麼將寨主之位授予他人？看來，這既是宋江好弄權術的天性之流露，同時也顯示他對勝利早有十足的把握。

即使盧俊義贏了又如何

這場奪鼎之戰，雖然於盧俊義而言，壓根兒就是無望的。不過，從邏輯上講，如果天照應，盧俊義並非就完全沒有獲勝的一點概率。今人說，有百分之一的希望，就要百分之百去爭取，盧俊義在奪鼎之戰中，是不是也有今人這種頑強的意志？否！盧俊義不但沒有一點兒對勝利的渴望，毋寧說還顯得非常消極無為。這從他對吳用的態度上就看得很分明了。吳用本來是劃歸他支配使用的，可是當宋江那邊遇到麻煩時，卻脫離盧俊義一軍的戰

鬥，「連夜來見宋江」，對吳用這種行徑，盧俊義完全可以理直氣壯地制止，但事實是盧俊義卻在吳用和他「說知」時，沒有採取任何措施，而是一副聽之任之的態度。盧俊義何嘗不知道吳用在這場奪鼎之戰中的份量，他之所以表現得如此消極，實在是他比常人思慮得更深更遠。一般人處在盧俊義的位置上，面對奪鼎之戰，只會想到怎樣才能去爭取勝利，而盧俊義想的則是：我盧俊義即使贏了這場奪鼎之戰又如何呢？

盧俊義贏了又如何？不妨試作分析。首先，這將再度把宋江、吳用置於一種極其尷尬的局面中。盧俊義生擒了史文恭、履行了晁蓋的遺囑，這本來就讓宋江等人很不舒服了，好不容易宋江想出了讓奪鼎之戰的結果確定梁山泊王的招術，如果盧俊義居然又拔了頭籌，宋江等人的羞憤是完全可以想像得到的。然而，那宋江、吳用是梁山的地頭蛇，人脈深厚，握有重兵，能力和權謀都遠非那個王倫可比。當初晁蓋上山讓王倫尷尬，王倫還只會使些小孩子的招術，現在，新上山的盧俊義又讓宋江尷尬了，難道宋江也只會效王倫之故技乎？一個人如果不知深淺，讓握有強大實力的機詐善變者尷尬羞憤了，那實際上是非常危險的。盧俊義無疑就看到了這種危險性。其次，因富有群眾基礎的宋江在奪鼎之戰中失利，梁山泊上很可能會再起風潮。盧俊義贏了奪鼎之戰，雖然握有兩項有利條件（即原來按晁蓋遺囑理當為王，現在又在宋江劃下的道兒中獲勝），也許宋江不好意思自食其言，親自出馬找盧俊義的茬兒，但李逵等宋江的忠實擁躉鬧將起來，又哪裡是新上山的盧員外能夠控制的？最後，再退一步，即使宋

江承認自己在王位爭奪戰中失利，梁山眾好漢也不鬧風潮，盧俊義順順當當地登上了王位，但這個位置又哪裡是盧員外坐得穩的呢？以宋江、吳用的秉性，即使不公開唱對臺戲，但也會消極怠工，拆盧俊義的台，領導班子都不團結了，梁山泊還能支撐多久，事業還如何發展？還有原本就對盧俊義口服心不服的宋江那群小兄弟，恐怕也會時不時給新寨主盧俊義出點難題，而盧俊義的原班人馬卻只有區區燕青一個，盧俊義在人力資源使用上必然捉襟見肘運轉失靈。試問，處於這般困境中的盧俊義，哪怕享有寨主的名號，又怎不像有芒刺在背？

在我看來，盧俊義正是預計到了以上的圖景，深知自己即使在王位爭奪戰中獲勝，也絕不會有好果子吃，所以才表現得那麼消極。我甚至懷疑盧俊義有意在配合宋江，演一齣雙簧。為了證明宋江之榮登寶座是天命所歸，所以盧俊義必須去扮演一個宋江的對手，又必須在奪鼎之戰中失敗，藉以烘托出一種天意。

五 刑訊逼供兩面觀

　　刑訊逼供，是中國法制史上的黑暗傳統。允許審案者對犯人實行刑訊，一直明載於中國各代的法律條文上，只有到了清末，在立憲思潮和西方法律觀念湧入的背景下，清政府才從名義上開始對刑訊進行有限的禁止。然而哪怕就是這種名義上的有限禁止，仍然遭到了非難。

　　為什麼會有那麼多人贊成甚至喜歡使用刑訊？無非有兩種心理：一是認為如果不使用刑訊，那些凶蠻之人就不會老實交代罪行，就會影響辦案效率，使案件久拖不決，導致積案；二是懷著一種不可告人的目的，寄希望於殘酷的刑訊能夠使人誣服。這樣兩種心理，雖然初衷有異，動機有好有壞，但毫不例外地，都是以犯人受到種種非人的虐待為手段的。所謂「三木之下，何求不得？」用犯人的輾轉呻吟換來的，是辦案者想要的口供。

　　《水滸》既然是表現一部江湖人物與國家力量抗爭的書，就難免要寫到刑訊逼供的場景，其中三個人的遭遇最值得玩味，就是白日鼠白勝、神行太保戴宗和宋江。

「硬漢」神話

白勝因為參與劫取生辰綱，宋江因為在獄中裝瘋不肯招供，戴宗因為私通梁山，給蔡京的兒子蔡九知府送假信，都受到了嚴刑拷打。宋江、戴宗、白勝後來都上了梁山，按照座次，分列上中下三等。梁山三種等級的好漢，在刑訊逼供面前，表現如何呢？

白勝：劫取生辰綱案發，白勝被捉進官府，白勝先是「抵賴，死不肯招」，「連打三四頓，打得皮開肉綻，鮮血迸流，……白勝又捱了一歇，打熬不過，只得招道……」。

宋江：先在獄中裝瘋，蔡九知府無可奈何，但因黃文炳指點，說他進監獄之初並不瘋，於是知府喚過獄卒，把宋江捆翻，一連打上五十下，打得宋江「皮開肉綻，鮮血淋漓」。「宋江初時也胡言亂語，次後吃拷打不過，只得招道：『自不合一時酒後，誤寫反詩，別無主意。』」

戴宗：假信被黃文炳識破後，堅不承認，蔡九知府喝道：「這賊骨頭，不打如何肯招？」「把戴宗捆翻，打得皮開肉綻，鮮血迸流。戴宗捱不過拷打，只得招道：『端的這封書是假的。』」

也許會讓人有些意外，梁山三個不同等級的好漢，面對刑訊，最後都毫無例外地招供了。梁山好漢向來以「硬」示人，看生命如兒戲，動不動就是「腦袋掉了碗大個疤」，而他們在刑訊面前的表現卻顛覆了這種硬漢神話。怎樣看待這一現象？其實

並不奇怪，江湖中人視生命若無物可能是真的，在刑場上嘯傲「二十年後又是一條好漢」也許未必都是裝出來的，但引刀一快，只是瞬間之事，而嚴刑拷打則很可能是一波接著一波，短痛可忍，長痛豈可忍乎？這只是人天生的弱點。昔人有詩「慷慨赴死易，從容就義難」，對江湖豪傑，可以改動兩個字，即「慷慨赴死易，從容挨打難」。

刑訊下的臣服和道德評價

宋江等三個人在刑訊面前都軟了下來，是否影響了他們在江湖中人心目中的形象呢？

沒有。白勝在牢裡受苦，晁蓋做了梁山泊王，並沒有因為白勝供出了自己，便斥他為「叛徒」，而是張羅著要救他出來享福。張恨水先生曾分析白勝以元老的地位，卻在地煞星中位居倒數第三位，原因可能就是因為那次招供。我以為張先生的說法未必正確，白勝排名很低，實在是其人本領低劣，而江湖又不注重資歷的緣故，戴宗的例子就是一個反證，他的招供不是就沒有影響他穩穩地坐在天罡星的寶座上嗎？而大頭領宋江，按說各方面都應該樹立表率，可是他的招供在江湖好像完全被人遺忘，宋江也似乎沒有這回事一般，**繼續心安理得地接受兄弟們最濃重的尊崇。**

硬漢不「硬」了，卻並沒有因此就讓他的同類瞧不起他，這是頗令市井中人詫異的，因為在市俗社會裡，如果一個人在某

種情況下，其所作所為大大有悖於他平日所張揚的，那是會被判定為一個「風派」人物，立即失掉他往日的威信。但這是江湖社會，江湖中人向來是主張不吃眼前虧的。江湖上，相對弱勢的一方，很少有在明知對方是強者的情況下，還要去主動挑釁的，但這種不主動挑釁並不意味著江湖上的弱者就會對強者心悅臣服，他只是在等待機會發起攻擊。「不吃眼前虧」是江湖中人遵循的又一個法則，明知硬挺下去，除了迎來新一波更為厲害的拷打，自己什麼也得不到，為什麼還要堅持做硬漢到底呢？「不吃眼前虧」的另一層考量，就是他們希望以暫時的忍耐甚至臣服，換來自己最想要的結果。所以，江湖上流傳兩句話，叫「君子報仇，十年不晚」，「留得青山在，不怕沒柴燒」。果然，在招供免去毒打之後，三個梁山好漢都笑到了最後。

用今人的眼光看江湖中人對白勝等三人的態度，也許還能看出點積極的東西：到底還是以「義」和「利」打底子的江湖組織，所以還能夠「寬容」人天生的弱點。如果是今天所謂的「邪教組織」，像白勝一類人是會被視作不可饒恕的變節者的，不僅難以分享組織的盛宴，相反還會遭到嚴厲的懲罰。

關於刑訊的兩個猜想

本文開頭說過，「刑訊逼供，是中國法制史上的黑暗傳統」，並且試著分析了贊成刑訊者的心理，在回顧了梁山三位不同等級的好漢在刑訊面前的表現，以及江湖組織對受不了刑

訊之苦而招供者的態度後，筆者不禁油然產生了兩個很有意思的猜想：

一，如果沒有刑訊，白勝等人會不會招供？這個猜想幾乎沒有懸念，他們當然不會招的。這些平素以硬漢自居的人，絕不願意在拷掠面前輕易低下頭來，用蔡九知府的話說，「不打如何肯招？」那麼他們所招供的是不是誣服，屬於屈打成招呢？顯然不是，也就是說，官府動用刑訊，終究還是得到了他們想要的案件真相。如此說來，難道對一個政府來說，刑訊之所以在中國法制史上綿延不絕還有其好處嗎？當然不能這樣說，刑訊是反人性、反人道的，這是道德評價，但在道德評價之外，我們又不得不承認，在封建王朝的那種社會環境中，官府依靠刑訊辦案有一定的合理性，因為像白勝這一類人是絕對不會輕易招供的，而中國司法實踐中，又絕對的重視口供。舊時辦案人員當然還想不到，即使沒有犯人的口供，依靠完整的證據鏈也能鎖定犯罪事實。即使能夠想到，以當時的條件，要想如今天這樣，發揮DNA鑒定這樣的高技術的作用，構成一條證據鏈也是事實上不可能的。

二，如果江湖組織對刑訊下的臣服者實行歧視甚至嚴厲打擊，會有怎樣的後果？江湖組織不那麼講究純潔性，這也許是他們還能夠寬容白勝、戴宗一類人，甚至宋江還能高坐寨主之位的原因之一。如果相反，梁山高度追求組織的純潔性，紀律的嚴明性，那白勝和戴宗的命運恐怕就很值得擔憂了。當然，這裡還有一個條件，即他們的最高首領很幸運地沒有被官府捕獲，沒有嚐到那種非常人能夠忍受的痛苦，所以還能夠大唱高調，無視人與

生俱來的弱點。梁山泊王宋江很可惜沒能得到這種幸運，他也曾經屈辱地在官府的拷打之下低下了高貴的頭顱，我們固然可以說，梁山就是因為這個原因寬容了白勝們，但仔細思考，這應該還不是最根本的，除此之外，還有一個最重要的因素。這個因素我認為必須歸結到梁山這個組織的特點。

梁山雖然是江湖組織，但它實際上也是靠世俗的理想支撐起來的，無論是武松等人的大塊吃肉大碗喝酒大秤分金銀，還是宋江竭力依靠招安擺脫草寇地位以封妻蔭子，都是很世俗的，而懷抱世俗理想的江湖中人，自然也就能夠寬容組織中人一些很世俗的弱點了。如果宋江沒有在刑訊下屈服的遭遇，如果梁山對白勝們一律視為變節者，實行歧視甚至清除，那麼就可以判定，這個江湖組織已經改變了性質，不再是一個懷抱世俗理想的江湖組織，而是靠一種無視人本能和弱點的教義的支撐，以這種教義對成員嚴格洗腦，嚴厲實行「不純潔者即死」律令的組織，這樣的組織當然比梁山更會讓市井中人恐懼。

✍ 公門眾生相

　　「錢到公事辦，火到豬頭爛」，這是舊時一句關於衙門的俗話；《水滸》中閻婆惜也說了一句，「公人見錢，如蠅子見血」。這些話都是民眾經驗之總結，凝結了底層百姓的血淚。《水滸》雖為「講史」類小說，卻也是一部人情書，它對公門裡的黑暗雖尚未著力描摹，但連帶而及，也真夠觸目驚心。

　　不過，最值得玩味的是，作者通過描寫這種公門裡的黑暗，所透露出的一種讓今人莫名其妙的情感，因為按作者的意思，對大小貪官，似乎是「抓大放小」。此話怎講，且容我慢慢分析。

腐敗的兩個層級：官和吏

　　《水滸》以寫英雄為主，首先上場的卻是大貪官高俅。金聖歎分析作者之命意，說這是表示「亂自上作」，意思是因為上面有了貪官，下面才會造反。這種分析很有道理。不過，縱觀《水滸》一書，雖然書中提到朝廷中蔡京、童貫等四大奸臣，與正史參證也有依據，但這些人究竟有多少罪大惡極的劣跡，《水滸》一書卻基本上只停留在泛泛而論上，缺乏精細的描繪。即如

高俅，書中寫了他迫害王進和林沖，溺愛高衙內，但是否貪瀆，並未正面描寫。再往下一個層次，那個梁中書，是太師蔡京的女婿，為給老丈人拜壽，準備了價值十萬貫的生辰綱，被吳用等人稱為「不義之財」，但怎麼個「不義」法，也不見交代，按現在觀點看至多是一個「巨額財產來源不明」罷了。還往下一個層次，梁山泊攻破了許多城池，破城之日當然要宣佈官員罪狀，卻幾乎都是戴上幾頂大帽子便匆匆了事，那些知州、知府究竟有多少殘害百姓、徇私枉法的事蹟，也緲不可尋。

以上一些奇怪的現象，說明了什麼？我以為，可以看出兩點：一是間接證明了《水滸》作者的身份，他不會是一個在上層階級中摸爬滾打過的人物，而只會是一個沉淪下僚的低級知識份子。高層腐敗符合他的想像，可究竟如何腐敗，他因為缺乏生活體驗，只能泛泛去寫；二是從一定程度上表明，受儒家倫理教化，學而優則仕的官員階層中，腐敗當然不可能完全避免，但畢竟還是少數。

高層的腐敗，《水滸》寫來不見精彩，而大宋朝公門裡的黑暗仍然讓人不寒而慄，這種黑暗的源頭在哪裡？主要不在官的身上，而在吏的身上。

通常人們把「官吏」並稱，實際上「官」和「吏」是兩個層級，有很大的區別。一般說來，「吏」沒有品級，不需經過專門的考試和選拔，也不能上國家人事檔案，其職責是在各級衙門裡辦理各種具體事務。然而正因為這些人是具體辦事的，所以和老百姓日常打交道的正是這一類人（七品芝麻官也要直接面對民

眾，但已是「官」中最低一層了），也正是他們流品之高下，最能讓底層百姓感同身受，所以底層人民總結了一句話，叫「閻王好見，小鬼難纏」。

因為「吏」的上下其手、殘民以逞，公門裡的黑暗在《水滸》中才表現得那麼淋漓盡致。

為了錢，可以直接買斷人的性命，有董超、薛霸，有蔡慶、蔡福兄弟，解珍解寶因被毛太公私藏老虎鬧了起來，充其量不過是一起民事糾紛，卻因毛太公打通了關節，被孔目、節級等人串通一氣，硬生生打入了死牢；看錢多錢少，給監獄裡的犯人不同的待遇，前有施恩他爹，後有戴宗；視關係好壞深淺，隨便出入人罪，宋江明明是殺人的官司，就因為「本州官吏亦有認得宋江的，更兼他又有錢帛使用」，官府反倒出面對原告連嚇帶哄，宋江最後只落得刺配了事；深通權術的梁山泊王宋江原本也是小吏出身……。

在《水滸》一書中，有官府的地方就不會有公平和正義，而其中最作惡多端最肆無顧忌的，就是這上不了品級的「吏」。這是符合中國歷史真相的，而怎樣治吏，也便成為了歷代思想家探討的一個重要課題。在舊王朝裡，「吏」們為什麼會如此無法無天，能量如此之大？其中一個重要原因，就是吏員的出身不像官員，經過考試選拔之正途，因此在官方固然不受重視，哪怕是在民間，老百姓也只是畏懼其勢力，而心鄙其人。另一方面，一個吏員，即使既有能力又有操守，也幾乎沒有一條名正言順升遷的制度通道。這樣，吏員們本來讀聖賢書就相對要少一些，古代士

人的那種道德使命感也就薄弱了不少，加上在朝野兩極都受人輕視，又很難以清正廉潔而升遷，既如此，為什麼不緊緊抓住現世的快樂，趕緊大把撈錢呢？這就是吏員們往往容易破罐子破摔自暴自棄的道理所在。

吏治腐敗是歷代中國政治的毒瘤，為禍於民眾甚烈。但細細研讀《水滸》，有一點卻常常讓人困惑不解，這就是一方面，作者對自己因閱歷所限，體會不深的高層腐敗深惡痛絕，動輒「奸臣當道」云云，另一方面，對於那種實實在在嚴重侵害民眾權益的下層官吏的腐敗，作者儘管有切身的體驗（否則他在細節描寫方面斷然不會那麼精彩），卻很少流露多少譴責之意。這是為什麼？竊以為，這實際上是關於腐敗認知的民間心理的一種不自然的流露。曾經有學者認為，腐敗在中國是有民間基礎的，因為中國人痛恨腐敗，但常常又視當官發財為自然之理，所謂「當官不發財，請我都不來」，他們之所以痛恨腐敗，只是因為自己沒有分一杯羹的機會。這種心理在《水滸》中得到了驗證，那些下層小吏給底層民眾帶來了那麼多的傷害，在我看來，其對民眾的實際危害性是遠遠超過高俅、蔡京的，可是《水滸》的作者對此很少譴責，書中受到侵害的人物也幾乎沒有因此而對他們發出怒吼，甚至常常還會網開一面，這一切彷彿都在對我們進行說教：一個人只要到了那一步，都難免這般的，寬容一些吧。

《水滸》寬容下層腐敗的最顯著的表現，則是關於貪財英雄的描寫。

英雄也貪財？

《水滸》中的英雄和儒家意識形態下的英雄有很大的不同。孟子說，一個人要貧賤不能移、威武不能屈、富貴不能淫，才配稱為大丈夫，而《水滸》中的英雄，常常最多只能做到「威武不能屈」，這也是和江湖社會崇尚暴力美學的趨向是一致的。

《水滸》中有很多貪財的英雄，那些剪徑的，看見客人包袱沉重便要叫人吃「板刀面」的，堪稱比比皆是，更有許多本屬於污吏一流，只不過因為後來上了梁山，便也被戴上了英雄桂冠的。

先看那個插翅虎雷橫。雷橫對朋友很仗義，和朱仝爭著私放晁蓋逃走，待母親也很孝順，因為眼看母親受辱，情急之下，打死了知縣的姘頭白秀英，這些都是小說非常用力的地方，彷彿其人真是英雄氣十足。不過，他從晁蓋那兒經常支取銀兩使用的事實卻常被人忽略。

按雷橫的身份，略相當於今日一縣城中刑警隊長，緝拿刑事案犯是他的主要職責；晁蓋未犯事前的身份，是東溪村的保正，原為官府從百姓中挑選出來，負責東溪村地方治安的頭面人物。這樣兩個人物過往甚密本來是很正常的，從職責上講，刑警隊長要多破案，必須多多倚重於晁蓋這樣的保正，因為只有他們才能提供富有價值的破案線索，要想讓地方治安保持平靜，也必須依賴人脈深厚的保正們。這樣看來，明明應是雷橫有求於晁蓋的，可事實卻倒了過來。我們從書中看到，雷橫和他手下幾十號人

到晁蓋莊中要吃要喝簡直是家常便飯。這樣一個顛倒，當然是雙方各取所需的：晁蓋損失一些物質利益，在刑警隊長那兒，換來了做非法勾當卻不被追究的豁免權；雷橫則以公權，換來實惠。一場典型的權力尋租。果然，後來在雷橫捉得疑犯劉唐後，晁蓋送了區區十兩銀子，雷橫便輕輕放過，最終釀成劫取生辰綱的大案。從當時晁蓋送錢雷橫收錢的情景看，這種勾當兩人堪稱輕車熟路，以致魯莽的劉唐都為此憤憤不平，背著晁蓋非要奪回那十兩銀子，粗人劉唐哪裡懂得這種交易對晁蓋的好處呢？一個刑警隊長，也不過區區十兩銀子，收了還被人公開追奪，已經夠不堪了，可笑雷橫兀自對劉唐叫道：「只除是保正自來取，便還他，卻不還你。」可以說，在公門中，這樣為了錢還不怕丟面子的人，都已經是下下人物了。而以這樣的人來負責一縣之治安，豈可問乎？

再看那個神行太保戴宗，以一手神行絕技，在梁山上也是響噹噹的英雄了，但其人在公門中的德行如何呢？宋江發配到江州，因為有吳用的引薦，故意不去孝敬他，於是便當著牢子的面大發雷霆，罵道：「新到配軍，如何不送常例錢來與我！」「你這賊配軍，是我手裡行貨！輕咳嗽便是罪過！」「我要結果你也不難，只似打死一個蒼蠅！」一個小小的節級，因為索賄未能如意，便公然以取人性命相威脅，其氣焰之囂張，真讓人歎為觀止！我們也完全可以想像得到，戴宗平日如何作威作福。在戴宗權力所及的範圍內，我們要指望和另外一些貪官污吏有所不同，

豈不是緣木求魚？戴宗等人給老百姓帶來了多少痛苦，從他威脅宋江一幕中，不是已看得清清楚楚嗎？

在無官不貪無吏不橫的社會氛圍中，雷橫、戴宗們身在衙門，沒有做到潔身自好，這並不難理解。而最讓人困惑的是，就是這樣貪瀆的污吏，卻是書中極力歌頌的英雄人物之一，後來上了梁山，他們也從未因過去不光彩的經歷而付出代價，在眾好漢中受到任何輕視。細細想來也並不奇怪，不好色可能是江湖列為好漢的標準之一，但江湖可從來沒有推崇過不愛財啊！如果連錢都不喜歡，誰還願意提著腦袋在險惡江湖上混呢？對金錢的嗜好和追逐，從來都是江湖文化非常重要的一部分。

而就是這樣一群江湖好漢，他們聚合在「替天行道」的大旗之下，把懲除貪官救民水火的口號喊得震天響。這真是一個滑稽劇。

七 小衙內之死

　　我曾在關於李逵的那篇文章中說：「《水滸》雖然處處是刀光劍影，但快意恩仇，幾乎沒有悲憫色彩，唯獨那個年僅四歲『生得端嚴美貌』的小衙內的死讓人心痛。」我原來以為自《水滸》一書流傳以來，這只是我一人之感受，近日偶翻周作人的文集《知堂乙酉文編》，突然看到周作人關於李逵殺小衙內的一段話，「李逵在林子裡殺了小衙內，把他梳著雙丫角的頭劈作兩半，這件事我是始終覺得不能饒恕的。」自己以為獨到的感受，被別人幾十年前就說出來了，雖然有些悵惘，但因為這人是知堂，悵惘中又不免摻雜著一絲得意。

　　有人可能要奇怪了：小衙內之死真值得你這般看重？《水滸》中殺人放火的場面多了，小衙內之死有什麼特殊的地方嗎？

　　要回答以上問題，應該先從暴力的分類開始。

兩種暴力

　　我不是一個喜歡暴力的人，但也絕對不是一個印度甘地那樣的非暴力主義者，更不主張如耶穌教所教誨的，當別人打你左

臉時，你乾脆把右臉也送上去。在我看來，世界上的暴力無非兩類：一個是有一定合理性的暴力，另一個是毫無必要性的暴力。

所謂「有一定合理性的暴力」，主要是指弱者在凌逼之下不得已的反抗。一個弱者身受宰割，嗷嗷求告，社會卻又冷漠地不給他提供一個和平申述的制度通道，在這個時候，難道這個可憐的人還不能奪下宰割者的刀？即使他在奪刀之後，在情緒失控中，又反手給了宰割者一刀，可以稱為「暴力」了，但這種暴力，不是仍有相當的合理性嗎？只要我們承認，任何人在虐政、惡法乃至別人施加的暴力面前，都有反抗的權利，就不能不認可世界上的確存在著一種「有一定合理性的暴力」。持這種態度的人並不一定是一個狂熱的暴力主義者。讀《水滸》的人群中，到了林沖在山神廟殺人那一段，幾乎很少有人不拍手稱快，其中的多數恐怕都不是一見暴力就興奮莫名的人，他們之所以把滿腔的同情給予「殺人者」林沖，而不是「被害者」陸虞侯等人，就因為林沖已經被逼到了絕境，除了挺身反抗，沒有任何出路。我們之所以認為特定時空中的某些暴力具有一定的合理性，還因為捨弱者的反抗之外，一些驕橫、顢頇而又高高在上的施虐者是無法醒過來的，你只有用暴力來驚醒他，使之改弦易轍。也許有人會以甘地非暴力主義的成功來驗證世界上根本不需要任何暴力，其實這也是徒勞的，甘地成功的關鍵並不在於他始終用和平的方式表達他的訴求，而在於面對他訴求的對象是有憲政文明傳統的英國人。試想一下，如果換上另一群統治者，上不畏天上的「道德

律」，下不畏人間的各種成文法和非成文法，想怎麼幹就怎麼幹，甘地絕食即使至死，又會有什麼效應？

所謂「毫無必要性的暴力」，是指你在用非和平方式表達你的訴求時，某項充滿血腥、暴虐的行為對滿足你的訴求，實際上沒有任何用處，但你還是做了出來，這種暴力就是毫無必要性的。可以看出，這種暴力行為與施暴者有怎樣的初衷沒有任何聯繫，往往只是施暴者在那一刻「靈光一閃」，甚至是下意識的動作，因此最能見出人性，也最應該受到詛咒。以《水滸》中的情節為例，許多暴力就是毫無必要性的，比如武松上鴛鴦樓殺人，初衷本來是極明確的，就是找陷害他的張都監報仇，如果他僅僅殺掉了張都監、和張都監勾結的蔣門神、哪怕是有勾結陷害武松嫌疑的張都監夫人，我們都還可以說這一暴力有一定的合理性，可武松猶嫌不足，連張都監手下供使喚的下人、使女都一氣殺了個乾淨！試問，如果武松不殺這些人，與他找張都監報仇的初衷會有什麼妨礙呢？一點兒也沒有！可是他仍然高高揚起了屠刀，這裡就完全見出了武松暴虐的人格特徵。又比如，我們在《水滸》中常常看到，梁山好漢們攻破了某座城池，捕獲了某個貪官，然後將其一門老小數十人口「一個不留」的情節，既有數十人口，想必都是連那些實際上也是被奴役者的下人也算在內的，這樣的暴力有沒有哪怕一絲絲的合理性？⋯⋯

李逵殺死小衙內也屬於這種毫無必要性的暴力，而且是其中尤其令人不能忍受者。

　　小衙內何許人也？朱仝因為私放了打死知縣妍頭的雷橫，被刺配到滄州，這小衙內就是滄州知府之子，「知府愛惜，如金似玉」。大概是朱仝儀表非俗，美髯過腹，從外形上看很有「親和力」，這小衙內偏偏愛和朱仝玩耍，「我只要這鬍子抱」，加上知府也愛重朱仝，朱仝和知府乃其親子乃建立了一種基於人情之上的很溫馨的關係。

　　一個孩子，無論他的父母是誰，曾經受過怎樣的教育，在什麼樣的環境下成長，在四歲這樣的年齡段，可以肯定地說，他最多表現出來的是天真可愛的一面，一個成人，只要還沒有完全失去人性，就會被孩子的天真可愛而感染，並不自禁地生出一種憐愛之心。朱仝逗小衙內玩耍，買糖果給他吃，考慮到朱仝的性格，這應該都是天性的流露，而不是為了巴結上司。否則，我們就無法解釋，朱仝在李逵殺死小衙內已成事實無法挽回，自己勢必又非得在梁山棲身的情況下，還要一再和李逵拼命。在誤失小衙內後，朱仝一句話脫口而出：「若這個小衙內有些好歹，知府相公的性命也便休了。」這句話真讓天下為人父母者下淚！朱仝這裡所表現出來的，是梁山好漢中稀有的高貴人性，也正是因為這一點，我才在前面那篇〈水滸中的真英雄〉中推舉朱仝為真英雄。

　　對於梁山而言，殺死小衙內且不用說與他們的大計、事業無任何益處，就是在賺朱仝上山這個小目標上，也完全沒有必要：他們有足夠多的辦法，讓朱仝與官方反目成仇；即使硬要拿小衙內做文章，也不一定非要讓小衙內從這個世界上混混沌沌地消失，比如可以先藏匿一段，等朱仝上山，再交還知府。讓人慘不

忍睹、而且完全沒有必要性的一起暴力事件，李逵在宋江、吳用的安排下，卻做得那麼輕鬆隨意，整個梁山對此沒有絲毫的負罪感，這一切只能說明在這個江湖組織中，人性是一種多麼稀缺的東西！

一種集體無意識

　　一個四歲的知府之子被虐殺了，其實不僅是梁山好漢滿不在乎，同樣不以為意的還有千百年來讀《水滸》的人。一般景仰梁山英雄的讀者且不必說了，就是批點《水滸》的「精英」，比如像金聖歎這樣的怪傑，像李卓吾等在中國文化史上大放異彩的人物，他們的目光也根本無意在那被劈作兩半的小頭顱上停留。到了近代，終於有周作人在一篇文章中表示了他的憤怒，但影響似乎也小得很，直至二十世紀末期，人們已經開始用現代技術手段再現水滸英雄的業績了，可觀看《水滸》電視劇的多數人，仍然很少認為小衙內之死是一個多麼嚴重的事件。

　　這是為什麼？

　　也許，其中透露的，正是中國人的某種集體無意識。

　　首先，中國人總愛在某種目的正義的眩惑下迷失，因此不願意去追問手段如何。我們以為梁山好漢反貪官是一種正義的事業，只要是為了這種事業，為了儘快實現正義的目標，選擇什麼樣的手段是一個可以忽略不計的問題。目的和手段的關係，向來眾說紛紜，究竟是把目的放在第一位，還是把手段放在第一位，

還是目的手段兼顧，各家也有各家的觀點，此處我只想指出一個常識，即無論多麼正義的目的，在它實現之前，人們實際上是很難預測的，因此多數時候，目的的正義性往往只能存在於主其事者的宣傳和聽從者的想像中。相比之下，手段是否正當，卻是當下可以立即檢測的，而檢測的標準，只要是文明線以上的社會，就容易得到認同。

其次，中國人偏愛株連。不說水滸英雄，一般讀者，為什麼也在小衙內之死的事件上喚不起悲憫之感呢？無非因為小衙內是朝廷命官的兒子，而在「無官不貪」的氛圍中，在痛恨貪官的大眾心理之下，滄州知府已經被認定為一個貪官，那麼一個貪官兒子的死有什麼值得同情的呢？這種思維是極其荒謬的。且不說，滄州知府在書中並沒有什麼劣跡，即使他是個十惡不赦的貪官酷吏，那與他的年僅四歲的兒子又有什麼關係？即使偉大的預言家推測，這個小衙內長大之後必然作惡，我們也沒有任何權利中止他長大的路，何況世界上又哪有這樣偉大的預言家？愛屋及烏，恨屋也及烏，株連意識在中國根基深廣，但追尋源頭，這大概是不能全怪底層民眾的。中國的統治者一向用殘忍的、不講理的「連坐法」威嚇人民，老百姓們逮到機會，也對上層官吏及其家屬株連一回，也算是「以其人之道，還治其人之身」吧？只是如此一來，雖然官方推行溫情脈脈的儒家教化，卻也不免被上下株連、互相鬥狠所消解，於是中國社會便不能不常常充斥著一種「戾氣」。

㊇ 梁山泊的「山頭主義」

　　《水滸》一書在很久以前就已享有世界名著的聲名，有了多種外文譯本，透過這各種譯本在文字處理上的差異，考察其背後的文化和民族性，是一個很有意思的話題。且說上個世紀三十年代，美國作家賽珍珠翻譯《水滸傳》，把書名改譯為《皆兄弟也》，這個書名本來是極中國化的，既符「四海之內皆兄弟也」的聖訓，也契合《水滸》一書中好漢們極力張揚的「義」字當頭的價值觀，按說是很不錯的，可是魯迅先生當年便表示了一點非議，他在給一位朋友的信中寫道：「近布克夫人譯《水滸傳》，聞頗好，但其書名，取『皆兄弟也』之意，便不確，因為山泊中人，是並不將一切人們都作兄弟看的。」

　　到底還是對中國人情世故有精細體察的魯迅深刻，他就知道看中國書，得從字裡看到字外，才庶幾不會被人所迷惑，而那位美國人卻太相信那些表面的東西了。其實，「四海之內，皆兄弟也」，無論是市井還是江湖，多數時候，都只不過說說而已。

　　梁山好漢自然不會把梁山以外的人視為兄弟，那些人，更可能是梁山好漢的打擊、剝奪對象和利用工具；而即使是在梁山內部，也未必始終洋溢著「兄弟怡怡」的溫情。

　　一本辭典這樣解釋「山頭主義」，說是一種「由於鬥爭歷史不同、工作地域不同和工作部門不同而產生的各部分同志間互相不瞭解、不團結的現象」。持這一概念去觀照梁山群雄，「鬥爭歷史不同、工作地域不同和工作部門不同」云云，號稱替天行道的梁山大軍何嘗不是如此？那麼他們有一點「山頭主義」，又有什麼值得奇怪的呢？

「山頭主義」的兩大表徵

　　梁山大軍是由不同的多個山頭的武裝匯集而成的，粗粗估算一下，就有二龍山、桃花山、清風山、黃門山等多個組織，還有後來加入的將官集團，而即便是晁蓋、三阮他們，也並不是梁山的最初的班底，他們是打破了梁山原大頭領王倫的地域壟斷，後來而居上的。即使不把匯集過程中可能出現的暴力和血腥考慮進去，這些來自不同山頭和地域的人們，身世、素質各異，觀點和立場也千差萬別，加之權力分配中必然的不均衡，要讓他們萬眾一心實在是戛戛其難。

　　在中國的傳統社會中，儒家一直教導人們去做「喻於義」的君子，而不要做「喻於利」的小人，可是儒家的這種教化是和現實生活嚴重脫節的，統治階級中的上層精英們已經鮮有人願意向「下民」表現棄利就義的一面，又怎能指望下層階級捨生而取義？更何況是在本來就與主流價值格格不入的江湖社會？是的，江湖社會的確愛把「義」字擺在很高的位置，動輒就是「不要傷

了義氣」云云，但江湖中人講「義」的前提是後面有「利」的支撐，「不要傷了義氣」的潛臺詞是：一旦傷了義氣，便會對當事雙方造成利益上的損害。正如我前面在〈晁蓋與宋江〉一文中分析的，宋江「擔著血海般關係」要給晁蓋報信，讓其逃脫官府追捕，好像是講義氣到了極點，但那實際上也是一筆有望獲得豐厚回報的義氣投資。

行走江湖，當然得遵從江湖的規則，要把「義」字掛在顯要的位置，但如果做起事來卻不知義和利的孰輕孰重，那多半是要壞事的。梁山的兩大頭領中，晁蓋迷信義氣，對賺他上當的兩個和尚都毫不相疑，結果枉送了性命；而宋江知道「義」未必管用，常常輔於權變，因此總能成功。然而宋江的成功後面，卻也有很大的代價，這就是「山頭主義」在梁山的隱然成形。晁蓋時代，梁山純以義氣相號召，因為單純，擴張也不迅速，宋江時代，講求實用，擴張迅猛，卻也種下了「山頭主義」的禍根。

梁山上的「山頭主義」有兩大表徵：

首先表現為，好漢們對事業的忠誠轉移為對個人的忠誠。

大略說來，宋江上梁山後，在這個龐大的組織中間，就有這樣幾個「山頭」：以晁蓋為首的，其班底就是昔日一起劫取生辰綱的劉唐和三阮；以盧俊義為首的，可惜其班底似乎只有燕青一人，所以總無法與其他山頭爭勝，遇事不得不以忍讓為先；以魯智深為首的，其班底是武松等原來二龍山的一批人馬，他們聲威頗盛，反對招安時一齊上陣，宋江也要顧忌三分；獨立派系的，

有林沖、朱仝等人；除此之外，像桃花山、黃門山等，因其力量薄弱，無法「自成一軍」，於是只好揀最粗的腿抱，似乎都不妨歸為宋江一派。

山頭主義者往往自成一個小圈子，而在圈子內部，又有各自尊奉的領袖。領袖的地位一般都是自然形成的，要麼曾經共過患難，要麼當下在權力分配盛宴中有話語權，前者可以說是歷史的因素，主要立足於一個「情」字，後者則是現實的因素，主要立足於一個「利」字。在「情」和「利」的雙重刺激下，山頭主義者對這個領袖的忠誠，常常是超過一切的。燕青在宋江大軍征討方臘大獲成功後決意退隱，知道他這個決定的人只能是一個盧俊義，聰明的燕青也只會把他預見到的險惡告訴給盧俊義一個，因為不論世事如何變幻，在燕青看來，故主始終是他最尊敬最信任，也唯一最值得他賣命的人。晁蓋在曾頭市中了毒箭，書中有一段耐人尋味的描寫，「卻得三阮、劉唐、白勝五個頭領死並將去，救得晁蓋上馬」，而「燕順、歐鵬、宋萬、杜遷只逃得自家性命」。拼死救晁蓋的還是他過去劫生辰綱的原班人馬，燕順等人在他們的「山頭」之外，既沒有「情」的激勸，又無「利」的誘導，他們怎麼可能為晁蓋拼命呢？

基本可以判定，「山頭主義」是宋江上梁山後才日漸滋長的，那麼宋江對山頭主義的態度如何呢？從書中所寫事實上看，宋江即使討厭山頭主義，而實際上他的所作所為卻是在默許甚至縱容山頭主義在梁山氾濫。這就是梁山上的「山頭主義」的第二

個表徵：領袖對下屬的區別對待和使用。雖然梁山群雄都叫宋江「大哥」，宋江對他們也一律呼為「兄弟」，但兄弟還是有親疏之別的。排座次中的宋江的「苦心孤詣」，前面已經寫過，此處不贅，宋江提議招安遭到群雄反對那一幕也很有意思。在反對的人中，武松是第一個跳出來的，說「冷了弟兄們的心！」李逵是第二個，大叫「招甚鳥安！」而宋江的處置卻頗為細膩：對李逵，是大喝道：「這黑廝怎敢如此無禮！左右與我推去，斬訖報來！」而對武松卻是彷彿做思想工作般的和風細雨，「兄弟，你也是個曉事的人」云云。誰都能夠看出，與表面的一輕一重相比，宋江內心的情感和偏向卻正好相反：他呵斥李逵，表明他真正把李逵當自己山頭的人。

在對群雄的使用上，宋江一般都能使人盡其才，發揮各自的長處，但他同時也考慮到了山頭主義存在的客觀事實。有心人當能注意，梁山上有個傳統，在組織一項行動時，一般都會把原在上梁山之前就有較好關係，或者曾效力於同一個山頭的人編排在一起，這不僅因為彼此熟悉和默契，更因為這些人共過患難，通常不會在危險面前只顧自己。

「山頭主義」源於自保的本能

「山頭主義」是宋江上山後才日漸滋生的，這不奇怪，因為宋江作為一個山上的第二隻老虎，需要建立他強大的班底，也許這正是他對「山頭主義」抱著一種默許甚至縱容態度的根

本原因。然而當晁蓋殞命，偌大一個梁山上，唯他宋江一枝獨大時，「山頭主義」對宋江而言就是一種離心的力量了，那麼宋江為什麼不對「山頭主義」進行圍剿，卻使之仍然頑強扎根於梁山？

在我看來，這正反映了宋江實用主義者的特點，他採取一切行動都高度服從現實的需要，利者趨之，害者避之。且不說派系林立的梁山，除了以暴力，還能怎樣去撼動「山頭主義」，而一旦動用武力，宋江又有多大勝算？即使勝了，山頭主義沒了，區區梁山靠他的班底，又豈能獨存？同時，更重要的一點，恐怕還在於宋江知道「山頭主義」產生的根源，是因為人的一種自保的本能，而本能，是依靠暴力消滅不了的。

不論打著什麼樣的旗幟，旗幟下的人們的訴求肯定都是不一樣的，而且組織越擴張，訴求上的歧異就會越多，而人們為了確保自己訴求的實現，避免自己的利益被其他人所吞沒，就會在一種巨大的恐懼中自然結成一個「山頭」，形成「山頭主義」，這是一個鐵律。像梁山這樣的江湖組織，就這樣陷入了一個發展的悖論：組織很微小時，單純得沒有「山頭主義」的困擾，但生存上會受到外界的威脅；為了解除生存上的威脅，就必須加速擴張自己的組織，而一旦組織擴大，又必然形成「山頭主義」。組織很微小時，最大的敵人來自外部，而當組織發展到足夠龐大時，最大的敵人很可能就變成了自己，因為「山頭主義」的肆虐將極大地抵消這種數量上的優勢。

宋江理解人因為訴求各異企望結成「山頭」自保的本能，他也知道無法消滅這種本能。那麼他是不是因此預見了梁山泊必將由盛入衰的結局，方於梁山鼎盛時期，拼命地去請求朝廷招安？這是一個謎團。

㊨仇當快意報應盡

　　題目是從一句宋詩那兒「偷」來的。原詩是「書當快意讀易盡，客有可人期不來」，意思是合自己口味的書很快就會讀完，自己喜歡的客人卻總是等不到。我借用上聯，竊以為可以表達出江湖恩仇的一個法則，這就是：報仇，就要報得乾乾淨淨，不留一點兒後患。

　　「仇當快意報應盡」，這一點於《水滸》中表現得堪稱淋漓盡致。楊雄、石秀捉姦，使女迎兒都難逃一劫，鴛鴦樓上的武松，把張都監的使喚丫頭也殺了個一乾二淨，自稱「我方才心滿意足」，這都是眾人皆知的例子。此外，像解珍、解寶兄弟那樣，對仇家「一門老小，盡皆殺了，不留一個」，書中也所在多有。

　　必須強調，以上血腥的殺戮並非我們常說的「除惡務盡」，因為其中糊裡糊塗喪命的多數人，恐怕連小奸小惡都算不上，他們之所以遭此大劫，真的只好說是「運氣太壞」，不小心碰到了好漢的刀口罷了。

　　「仇當快意報應盡」，在這種觀念的支配下，製造了大量人間慘劇。那麼這種觀念是怎樣來的呢？首先最容易想到的是當事人的性格和品行，這沒錯。每一起濫殺無辜事件的背後，照出的

都是當事人內心的暴戾和虛弱。「暴戾和虛弱」，這彷彿有點矛盾，一個有暴力傾向的人，在生活中的表現彷彿總是很強勢的，其實這並不矛盾，毋寧說正是相輔而相成，因為他知道自己唯一能夠仰仗的只有暴力，所以才拼命要用外在的暴虐掩飾內心的虛弱。也只有內心虛弱的人，才會「草木皆兵」地把所有相關者視為潛在的敵人，非盡皆屠戮而不能安枕。細心打量一下就不難發現，《水滸》中竭力追求那種極致的「殺戮美學」的，幾乎都是心靈不那麼健康的人物，而我推崇為「真英雄」的王進、林沖、魯智深、朱仝等人，卻絕不對可憐的無辜者舉起屠刀。

然而，將「仇當快意報應盡」觀念的產生完全歸咎於個人，又是沒有說服力的。不論什麼樣的人物，只要生活於社會中，就不能不受法律法規和公序良俗的影響和制約，復仇者一起兩起的大開殺戒，也許還可以說這是當事者個人的原因，如果類似的血腥殺戮在一個社會大面積地爆發，則我們必須把目光從個人轉移到這個社會中去，看看社會中是否存在滋生和培養這種觀念的土壤。

這種對社會的解剖可以從以下兩方面著手。

傳統社會對復仇的態度

復仇，在中國的語境中，它指個人繞過官方提供的制度渠道，自行與仇敵了斷的一種方式。這是中國自古流傳下來的習慣之一，在儒家經典中還被賦予了莊嚴而神聖的意義。《禮記》

中記載，子貢曾經問孔子，有殺父母之仇怎麼辦？孔子回答說：
與仇人不能生活在世界上，應該辭掉官職專門進行復仇活動，並
應睡草席枕木頭，以堅定復仇的意志；復仇用的兵器應該經常帶
在身邊，這樣遇到仇人時，便用不著回去取，可以直接衝上去報
仇。儒家經典所論述的肯定復仇的思想和各種規定，對後代有著
很大的影響。直到現代，在許多中國人的心目中，「有仇不報，
枉為人也」，復仇仍然是一種天經地義毋庸置疑的行為。中國人
喜歡把「報仇」和「討債」連在一起使用，就是表明一個人的
「報仇」應該像「討債」那樣自然，是其天然權利。

　　民間私下的鬥殺畢竟是對社會秩序的一種挑戰，所以，在經
過初期的公開允許階段之後，官方的法律又不得不對復仇行為進
行限制，乃至禁止。據學者對中國刑法史的研究，唐朝以後，民
間私下的復仇行為已經為法律所不允許了。但眾所周知，探究中
國社會的實質是不能只看擺在桌面上的東西的，關於「復仇」，
只要古中國還是個禮法社會，就註定無法靠一紙條文，把「仇當
快意報應盡」的傳統觀念從人的大腦中連根拔除。更何況，即使
是立法禁止私下復仇，官方仍然為這種行為在制度上開了個小小
的「後門」，比如同為殺人，一個人洩憤殺人，和這個人因家仇
而殺人，在法律上的定罪就是有輕重之別的。

　　《水滸》中的梁山英雄生活在宋代，傳唱水滸英雄業績的
說書人多半在元朝，寫定《水滸》一書的作者是明朝人施耐庵，
按照學者的界定，在這些人士生活的朝代，私下復仇都是為法律
所不容的，而我們透過那種達到極致的「殺戮美學」，卻分明看

到，傳唱英雄業績的人們，都是認同甚至贊許英雄們「仇當快意報應盡」的。這種根深蒂固的傳統觀念和習俗，對社會的影響是巨大的。首先是助長了一個社會的「戾氣」，冤冤相報，腥風血雨，將儒家精心構造的溫情脈脈的氛圍破壞殆盡。其次是讓那些內心暴戾而虛弱的人滋生了一種虛幻的正義感。上面說過，這些人士在大舉屠戮的時候，本來是內心虛弱的，但因為社會對他們的行為很少否定，相反還常常認同甚至讚美，於是他們也彷彿找到了屠戮的合理性，不講理的蠻橫殺戮彷彿成了最符合正義的行動。

如果要問那些濫殺無辜的梁山好漢，他們肯定無一承認自己是在報私仇，而都會言之鑿鑿地聲稱自己是在「替天行道」。無他，殺戮太多，虛幻的正義感日益膨脹也。武松在鴛鴦樓一氣殺了那麼多人，蘸著血在白粉壁上大寫下八字道：「殺人者，打虎武松也。」金聖歎對其中的「者」和「也」字大加稱讚，說「何等用得好！」我只從字裡看見殺人者胸中衝撞的激情，而這種激情是非常讓人恐懼的。

灑脫：遊民的理想人格

《水滸》中的多數英雄人物都應該歸入「遊民」階層，王學泰先生對此早有深刻論述。那麼，遊民的理想人格是什麼？也許可以舉出多種，我這裡只談一點，這就是「灑脫」。

灑脫的意思就是拒絕任何觀念和事務的牽絆,逍遙自在無拘無束。市井社會中的普通人士是很難做到灑脫的,因為他有家,有老小,有功名觀念,還要與人爭氣,等等。唯遊民可以做到灑脫,像《水滸》中的英雄們,多數都沒有家庭,沒有妻兒老小拖他們的後腿,又因為主張「不動情」,所以即使身邊會有兩、三個女子,但卻無法使他們陷入情網而掙扎。對「灑脫」的追求幾乎貫穿在遊民的一切行動中,這也包括復仇和殺人。梁山好漢不復仇不殺人則已,一操起刀來必乾淨俐落,不留任何後患,所以,江湖社會流傳一個詞語,叫「快意恩仇」。

《水滸》中充斥著大量的血腥場面,後世讀者卻少有產生不適生理反應的,這固然可以歸功為作者寫作手法之高明,是作者前後照應、筆墨渲染的好,但另一點也是不容忽視的,這就是,遊民的理想人格對市井社會也往往會有很大的吸引力。市井社會中的人,是會受到方方面面的限制的,很難像遊民那樣活得逍遙自在,因此,「灑脫」也便成為他們遙不可及但時時企望的人生理想。遊民報仇,可以不管法律規定,不計後果,「仇當快意報應盡」,而市井中人卻不能遵此路徑,他得先遞狀子,打官府,以討回公道,如果碰上個把貪官,還有可能仇未報,反被官人打一頓板子,這樣的事情在傳統社會中是遠非鮮見的。遇到這樣的事情,恨恨然的市井中人就只好把理想投射在書中的遊民身上,就像深受貪官盤剝的人們常常要從那個清正廉潔百毒不侵的包青天身上去尋夢一樣,他們在遊民的快意恩仇中,體驗著那種擁有「想怎麼做就怎麼做」絕對權力所帶來的快感。

　　這就是《水滸》中的殺戮驚人，人們卻並不厭惡，相反還大有欣羨之意的關鍵。只是，在欣羨遊民們擁有「想怎麼做就怎麼做」的絕對權力，讚美他們「仇當快意報應盡」的同時，人們可能很少想到，這種權力弄得不好也會傷害到自己，甚至有成為英雄殺戮下的無辜者的危險。

⊕ 從造反到招安

「要當官,殺人放火受招安」,沒有考證這句話的來歷,據我的推測,應該就是人們從《水滸》中總結的經驗。因為「從造反到招安」,正是水滸英雄的一條路徑。

然而這裡還有一個問題:「從造反到招安」,這句話分明表達了一種因果聯繫,即當初造反時,就是為了最後的招安,招安是目的,造反只是為了達到這一目的而採取的手段,而試觀一百單八將,其中究竟有多少人有這樣的「深謀遠慮」呢?反對招安的武松等人自不必說,吳用跟著晁蓋起事,也沒有考慮到這一步棋,就是對招安有意沉默的將官集團,他們雖然是認可招安的,可卻從未想過,要以「造反」為手段,要脅朝廷招安,因為他們本來就在朝廷這一方,哪裡還用得著走「從造反到招安」的迂迴之路?

其實,「從造反到招安」,對此胸中早有謀劃,並步步為營,穩穩行來的,整個梁山上只有一個宋江。需要「從造反到招安」這樣一條路徑,以實現個人理想的,梁山上也只有一個宋江。

造反：宋江積累資本的過程

　　實事求是地說，宋江是一個不甘平淡頗有抱負的人物。他的抱負，在潯陽江酒樓上那一番自白中說得很清楚，「我生在山東，長在鄆城，學吏出身，結識了多少江湖好漢，雖留得一個虛名，目今三旬之上，名又不成，利又不就。倒被文了雙頰，配來在這裡。……」宋江是希望「名利雙收」的，這一理想雖然世俗極了，卻也是人之常情，並不是一件壞事。可在那樣的時代中，要實現這樣的理想，卻非得先進入上流社會不可，而要進入上流社會，渠道又極其狹窄，以當時的客觀時勢論，若不能走科舉之路，便只好從軍，依靠個人軍功，逐漸擢升至顯宦名流的地位。但以宋江的資質條件，這兩條道路顯然都不是他適合的：科舉之路，我在前面〈「敢笑黃巢不丈夫」〉一文中已經分析過，宋江恐難如願；從最低級士兵做起，依靠個人軍功擢升，那可是靠一刀一槍硬拼出來的，這就更不是宋江的強項了。

　　說來說去，宋江要想打通進入上流社會之門，其擁有的資本，除了他個人的那種權術機詐，大概只剩下一項了，就是他自己說的「結識了多少江湖好漢」。

　　宋江為什麼特愛結交江湖中人，在江湖中人那裡，又為什麼特愛充當散財童子的角色？回答這個問題，雖然我們還不能作誅心之論，認為宋江一開始就想的是以後的造反，再以後的招安，因為這未免太超越人想像的常規了。然而即使宋江如此作為很大

程度上的確緣於豪爽的天性，我們至少也可以肯定，當宋江在不辭財力周濟群雄時，其潛意識裡未嘗不是認定：這些江湖中人以後終究會有些用處的，只不過是什麼用處，宋江當時未有清晰認識罷了。這有些像下圍棋，高手常常於不引人注意處投下一子，一時半會兒委實看不出用處，哪怕高手自己也只是憑著高超的棋感行棋，未必能準確道出箇中奧妙，而隨著棋局進展，人們才會為那一子的作用拍案叫絕。

宋江是什麼時候開始對他結識的江湖好漢的作用有了清晰認識的呢？竊以為，應該是在江州劫法場那一役。這一役的意義在於，不僅把宋江從死神嘴邊拉了回來，而且徹底斷送了宋江殘存的依靠「正途」以擠進上流社會的幻想。但這時的宋江儘管能夠意識到梁山這支江湖組織的巨大能量，卻還無法使之成為自己一個人的資本，因為他的上面還有一個晁蓋。

從書中可以看到，晁蓋死後，宋江明顯加大了誘降宋朝將官、四處招兵買馬的進程。對梁山而言，多一條好漢，就是多一份力量；對宋江來說，多一份力量，就是多一份和大宋朝討價還價的資本。如果力量不能積蓄到相當程度，那顯然是沒有和一個中央政權討價還價的資格的，大宋朝只會一舉蕩平之。

宋江一面拼命招兵買馬，用很低的身段，勸誘那些勇武的大宋朝將官入夥，一面卻又聲稱自己「非敢貪財好殺，行不仁不義之事」，不過「暫居水泊，專待朝廷招安，盡忠竭力報國」。其言行是很有些尷尬的，因為按照常人的思維，你宋江既然是一心等著招安，決心為朝廷效力，那又何必拆朝廷的台，將其人馬拼

命往你手裡拉呢？其實只要我們懂得造反於宋江只是一個積蓄力量和資本的過程，這些看似奇怪的言行便很容易解釋了：關勝、索超們一直在朝廷效力，和宋江帶著關勝、索超們去報效朝廷，至少對宋江而言，那效果可是天差地別。

以宋江個人的才具，充其量只能在一個小小的鄆城縣當一個有頭有臉的人物，要想打通進入大宋朝上流社會的關卡，實在是戛戛其難，但當同一個宋江，背靠梁山這支江湖組織，手裡握有盧俊義、林沖、關勝、索超等有上天入地之能的眾多豪傑時，不管是誰，就必須換一個面孔和方式和他對話了。

招安：一次沒有分紅的入股

接受朝廷招安，對宋江來說，就好比今日的以人力入股，只不過他投進去的是一支驍勇善戰的隊伍。

從進見皇帝始，到最後因討平方臘止，都可以視為資本的一次運作過程。從這次入股中，宋江似乎得到了他原來想要的很多東西：得睹「天顏」，天子賜宴，加官晉爵，衣錦還鄉，……這些都不是當年一個小吏可以夢見的。不難設想，如果宋江繼續做他的押司，哪怕擠破了腦袋，花光了家產，也不能得到現在所擁有的一切。宋江依靠「從造反到招安」這樣一條迂迴的路徑，總算實現了他的人生理想。這樣一條路徑，和歷史上真實的宋江們所走的，也是大致不差的。

　　只是，不知宋江是計不出此，還是真的因天子招見、賜宴等動作而感激涕零，乃至愚笨起來，別人的入股，資本應該是滾雪球般越滾越大，而宋江卻坐視甚至主動使自己的資本——那支他賴以立足的隊伍，在資本運作過程中越滾越少。於是，招安對宋江而言，儘管有許多虛榮，最終卻成了一次沒有最終取得紅利的入股：他被人下了毒酒。

　　對宋江下毒的人，不管是否得到了皇帝的默許，他對形勢的權衡是非常清楚的。他知道，一個資本耗盡，自己早已解除了武裝的人，是不會有任何反抗的。否則他只會把先前靠入股取得的一點虛榮也賠進去。宋江當然也看到了這一點，儘管臨死前，他還要和慣常一樣，拿忠孝節義說事，但他對李逵的一句話就透露了天機，「軍馬盡都沒了，兄弟們又各分散，如何反得成？」他之所以要把李逵也搭進去，自然確是怕他在自己身後惹亂子，然而其初衷，恐怕並非怕因此「壞了我梁山泊替天行道忠義之名」，而是和下毒酒的人所預測的那樣，怕把先前得到的一點虛榮一併賠光。果然，寧願毒死也不再舉反旗的宋江，死後被皇帝「敕封為忠烈義濟靈應侯」。

　　宋江接受招安後的這種命運，我在〈梁山泊的三條道路〉一文中說，「對作者的這種安排，我是頗不以為然的，因為這既不符合宋江好弄權術的性格，更不契合歷史的規律」，「宋江安身立命之本，唯在以權術勝，即使接受招安，他難道不知道在身處猜忌之下，保存實力對自己的重要？怎麼可能傻乎乎地主動去征這個討那個，把一點和朝廷博弈的老本賠光了事？從以往歷史

上看，一個處在困境之中、虛弱的政權對待那些投誠歸來的原反叛集團，儘管事實上不能不在內心裡著意提防，但限於客觀時勢，至少在表面上也要表現出相當優禮的態度，更不敢過份凌逼，因為那是有為淵驅魚為叢驅雀的危險的，弄的不好這一力量就會跑到政權的另一邊，反為敵助」。但《水滸》一書既然已經是如此安排宋江的人生大結局，那我們且試著尋找可以稍稍釋疑的線索。順著我上面的思路尋找一條線索似乎也並不難，那就是在宋江投誠的時候，大宋朝可能還遠遠不是一個十分虛弱的政權，或者說雖然政權實質上已經虛弱，而大宋朝的君臣們兀自混混沌沌。因為大宋朝還遠未虛弱，所以它敢對一個投誠歸來的江湖組織痛下殺手；因為君臣們根本沒有覺察到自己的虛弱，它才不會意識到自己的這步殺招實際上是在自我毀損。

　　不論是哪一種情況，都可以看出，宋江當時急吼吼地鬧招安，是錯誤判斷了形勢。「從造反到招安」，這對一個胸懷「大志」想進入上流社會，而又缺乏「正途」的人來說，的確是一條也許兇險但回報率最高的捷徑，可並不是任何時候都可以將「造反」的支票兌換為「招安」的現銀，最好的時機應該是中央政權內憂外困，而這個政權又對自己的虛弱有切身之感的時候，在這方面做得最成功的，當推跟隨黃巢造反後來又降了唐朝，最後還當了皇帝的那個朱溫，朱溫降唐時，正是唐政權惶惶不可終日的時候，籠絡朱溫都還怕功夫不到家呢。朱溫小名「朱三」，據說他當了皇帝，親哥哥都不服氣，說：「朱三，

爾可做天子乎？」看來朱三的哥哥終究是一誠樸的鄉下人，他
不懂得用理論裝扮自己：過去造反的時候，可以打出「替天行
道」、「官逼民反」的旗幟，後來接受招安，又可以打出「為
國盡忠」的牌子，有幸登上皇帝寶座，又何嘗不可以說是「天
命所歸」呢？

可惜，宋江沒有等到打出「天命所歸」旗幟的機會。

第三輯

「雙眼」看英雄：總論篇

一 「劫富」之後

　　「劫富濟貧」，這是梁山好漢等群體最喜歡扛出來的招牌，曾經讓歷史上無數被擠壓在生活底層的人們為之激動甚至迷狂。「劫富濟貧」一詞，從字面上去理解，「劫富」和「濟貧」可以是並行關係，即一邊劫富，一邊濟貧，也可以是因果關係，即「劫富是為了濟貧」。無論怎樣理解，既然打出「劫富濟貧」這面旗幟，「濟貧」都應該是其中的一個重要內容。

　　「我們劫富的同時還不忘濟貧」，或者「我們劫富是為了濟貧」，英雄們的這兩種承諾，對窮人來說都是一個充分利好的消息。千百年來，中國歷史上的良善百姓之所以喜歡傳誦水滸英雄，很大一個因素，就是因為梁山好漢始終張揚著「劫富濟貧」的旗幟。然而，事實真有口號這麼動人嗎？

　　王倫是梁山事業的開創者，雖然死於非命，其開創者的地位卻不容篡改。在他手裡，梁山打家劫舍，是只認錢不認人的，以打漁為業的阮氏三雄入夥之前，曾對此恨恨不平，「這幾個賊男女，聚集了五七百人，打家劫舍，搶擄來往客人。我們有一年多不去那裡打魚，如今泊子裡把住了，絕了我們的衣飯」。顯然，王倫時代的梁山，對平民而言與其說無甚好處，毋寧還大有

損害。再看晁蓋。晁蓋做下的第一筆「買賣」是劫取生辰綱。這生辰綱，原是大奸臣蔡京的女婿梁中書搜刮民財，攢下的十萬貫金銀珠寶，是準備運到京城給丈人拜壽的，來路當然不正，是貨真價實的老百姓的脂血，因此劉唐勸誘晁蓋，晁蓋勸誘吳用，吳用又勸誘阮氏兄弟，那說辭均是「不義之財，取之何礙！」這話很有鼓動性，也的確容易讓人激動。但這裡有一些問題，即誰才有資格來界定財富的「義」與「不義」？一個人只要認定了某筆財富為「不義」，是否就自動獲得了隨便取之的權力？……這樣的問題人類糾纏了好幾百年，即使到了現在，可能還會有各種答案，若硬要宋人回答，是夠刁難的了，卻不去管它。我更感興趣的是這不義之財生辰綱到手之後的事，書中說的明白，晁蓋、吳用等人在莊中飲酒作樂，「三阮得了錢財，自回石碣村去了」。看來，這筆不義之財不過是按出力大小一分了事。這也沒什麼奇怪的，想當初他們準備劫取生辰綱時，腦子裡唯一盤算的就是「下半輩子快活」，與周遭百姓全無關涉啊！

　　如果說智取生辰綱那會兒的好漢們還沒有多少組織性，難免自行其事不講章法，那麼已經揭竿而起並成為一支官府不可小覷的造反武裝後，又如何呢？晁蓋時代的梁山，我們沒有從《水滸》一書中看到對百姓有任何施惠。梁山換了主人，宋江時代的梁山事業倒的確是紅紅火火發展迅猛了，梁山群雄在宋江的率領下，打了多場勝仗，接連攻下了高唐州、華州、青州、祝家莊、曾頭市、東平府，收益甚大，僅青州一役，斬獲府庫金帛、米糧，就整整「裝載了五六百車」，正是這些財富——姑且算「不

義之財」，奠定了梁山好漢們「大塊吃肉大碗喝酒大秤分金銀」
這種寫意生活的基礎，可是我們卻仍然很難看到曾有平民百姓在
這一場接著一場的殘酷廝殺中獲益。

　　也許有人會說我的這種議論過苛，梁山好漢還是經常會對百
姓施予恩惠的，比如三打祝家莊一役，不是宋江親口傳令，「各
家賜糧米一石」嗎？那就讓我們看一看這究竟是怎樣的恩惠吧。
因為祝家莊的地方武裝是梁山碰到的強硬對手，梁山幾乎損兵折
將，宋江等人的怨毒是可以想像的，所以，攻破之日，「宋江與
吳用商議，要把這祝家莊村坊洗蕩了」，這完全在意料之中。祝
家莊、扈家莊、李家莊這聯盟三莊的人民，既已經受戰火之「洗
禮」，現在戰事結束，又要任由勝利者宰割一番，幾乎是註定
了。幸虧冒出了一個石秀，祝家莊的那位「鍾離老人」因為曾助
到祝家莊打探情報的石秀脫險，石秀以祝家莊「也有此等善心良
民在內，亦不可屈壞了好人」為由，請求寬貸。如果對三打祝家
莊一役的艱苦有深切的瞭解，就會明白，宋江不能不給石秀一個
面子，因為如果沒有石秀探得路徑，宋江幾乎就會全軍覆沒，而
追論首功，卻又不能不推到那位指點石秀的「鍾離老人」，宋
江、吳用對這一切當然心知肚明。於是乎，鍾離老人以助宋江大
軍逃脫羅網反敗為勝之奇功，換來了「一包金帛」的賞賜。至於
莊中另外的百姓，卻不能不受宋江一番喝斥：「不是你這個老人
面上有恩，把你這個村坊盡數洗蕩了，不留一家」！但宋江到底
是梟雄，很快悟出這種恐嚇大大不利於梁山形象，旋即變了一副
臉色，說什麼「我連日在此攪擾你們百姓，今日打破了祝家莊，

與你村中除害。所有各家賜糧米一石，以表人心」。從威脅「盡數洗蕩」到「賜糧米一石」，一眼就可以看出，這完全不過是一種籠絡人心的手段罷了。至於所付成本和所得收益，宋江的算盤也是極精的：這一仗，宋江「濟貧」的成本合而計之，是「一包金帛」，和各家「一石糧米」，至於「劫富」的收益，書中也說得極為詳明，「一面把祝家莊多餘糧米盡數裝載上車，金銀財賦犒賞三軍眾將，其餘牛羊騾馬等物將去山中支用，打破祝家莊，得糧五十萬擔」。這樣一場慘烈的戰鬥，莊中百姓的代價不問可知，最後他們又得到了什麼？是經濟上的收益還是安定的生活？恐怕都沒有吧。這就是宋江「劫富濟貧」的真相！

「劫富」常有，「濟貧」鮮見，所謂「一邊劫富一邊濟貧」、「劫富是為了濟貧」云云，基本上只是一個美好的神話。可是不論事實的真相如何，碾壓在底層的人們仍然樂於傳播這一神話，甚至常常喜歡主動把這個神話編織得更為圓滿，這是什麼道理呢？就因為這個神話寄寓了小生產者的理想，當他們眼見富人享盡榮華的時候，當他們對生活絕望的時候，就希望有一種神奇而又正大無私的力量重新分配世間的財富，這是他們的夢想和精神支柱，在很多時候，他們寧願這個夢想縹緲些也不願意其在眼前活生生地破碎。所以，他們造出了許多給自己圓夢的無私英雄。另一方面，因為底層人們這種對無私英雄的渴望，「劫富濟貧」又成為豪強們凝聚人心屢試不爽的旗幟，這也就是宋江恐嚇洗蕩百姓之後，突然想起要小施恩惠的奧秘。不要以為《水滸》不過是小說家言。就是在宋朝，那位史有其人的造反領袖鍾相，

因為說過「法分貴賤貧富，非善法也，我行法，當等貴賤均貧富」這句名言，不僅在當時引來大批追隨者，並很榮幸地在身後獲得了一些史學家的高度評價，可惜史料顯示，就在鍾相向追隨者許願的同時，他已經聚斂了大量驚人的財富。

劫富之後，是不是就一定沒有人出來濟貧呢？也不盡然。《史記》中有關於劉邦造反後從不濟貧到濟貧的經過，「沛公居山東時，貪於財貨，好美姬；今入關，財物無所取，婦女無所幸，此其志不在小」，原來，貪圖個人享樂的劉邦突然一變為樂於周濟百姓別有深意，他是準備以此來換取更大的實惠的！可是，這種隱藏極深用心的「濟貧」對窮人來說，是否一定是一種福音呢？歷史早已證明，像劉邦這樣的梟雄只能克制一時之欲望，等到他以竭力克制個人私欲、「濟貧」為手段，得到了他最想要的東西時，他的欲望就會蓬蓬勃勃地生長出來，甚至變本加厲，於是，以往從「濟貧」中收穫了一些利益的芸芸眾生又迎來了新一輪的碾壓，於是又有新的「劉邦」冒了出來，打的還是「劫富濟貧」的旗幟。旗幟雖然舊的厲害，卻屢試不爽……這就是中國歷史的一個可怕輪迴。

❷ 梁山泊座次之謎

　　水泊梁山，雖說是江湖社會，以「義」號召，但實際上還是世俗政治生活的一個縮影。所以，儘管相互之間稱為「兄弟」，儘管待分配的權力資源還十分有限，仍然不能不排一下座次，定一個尊卑上下。這也代表著一種規則在梁山的確立，如果我們不被虛幻的「義」所迷醉，就應該承認，這是宋江對梁山的一種貢獻，意味著梁山泊再也不是一群烏合之眾。在排定座次後，宋江一席話已說得極為顯豁，「諸多大小兄弟，各各管領，悉宜遵守，毋得違誤，有傷義氣。如有故違不遵者，定依軍法治之，絕不輕恕。」

　　那麼，一百單八將的座次為什麼會如此安排？林沖屈居關勝之下，秦明位在魯智深之上，等等怪象之中有無玄機？如果有，有沒有什麼可以尋繹的線索？千百年來，這是一個很大的謎團。

「天書」的真相

　　梁山的座次，看樣子來源於「天書」，這天書上按順序寫著三十六個天罡星和七十二個地煞星的名號。於是宋江不能不謹遵

天意，對眾頭領道：「鄙猥小吏原來上應星魁，眾多兄弟也原來都是一會之人。上天顯應，合當聚義。今已數足，分定次序，眾頭領各守其位，各休爭執，不可逆了天意。」

可是這天書的來歷卻是十分奇怪的。宋江請道士超渡晁蓋亡靈，三更時候，「只聽得天上一聲響，如裂帛相似」，一團火掉下來「竟鑽入正南地下去了」，於是在火落的地方挖出了「一個石碣，正面兩側，各有天書文字」。本來天書文字一般人是認不得的，偏偏請來念經的道士中有一位何道士，偏偏祖傳一冊文書，「專能辨驗天書」。於是，上天的意思，終於原原本本地傳達給了那些桀驁不馴的江湖好漢！

當代人一望即知，所謂天書，純粹是騙人的鬼話，與其說是什麼上天之意，不如說是宋江、吳用之意，扛著老天的招牌罷了。不過，我雖然認定天書是一個騙局，但換一個角度，我倒以為，這個騙局於穩定隊伍、安定人心是大有好處的，它對梁山事業的發展起到了不可估量的作用。易言之，要鼓動中國的底層百姓去做非常之事，需要這種神道設教的模式。從最早的陳勝、吳廣在魚肚子裡藏紙條，到後來元末時「石人一隻眼，挑動黃河天下反」，甚至那些崛起於亂世終成偉業，被宣傳為聖明君主的人，於起事之初何嘗沒有弄些神神道道的玩藝兒？

梁山的天書和歷史上那些圖讖一樣，起到了凝聚人心的作用，使原本即使對落草造反惴惴不安的人，也會憑空增加一股勇氣。另外，本來人事工作向來就是一件讓首領頭疼的事，手下好漢形形色色，各有優缺點，是註定端不平的一碗水，而梁山的

情勢更特殊，這群豪傑可都是把性命不當一回事的主兒啊，誰會輕易服誰？要讓他們各安其位，實在是一件非常困難的事，而這卷天書正好發揮了威懾作用，須知，梁山等人雖然不怕死，但智識到底有限，還是怕老天的，正如明末思想家李贄所說：「梁山泊如李逵、武松、魯智深那一班，都是莽男子漢，不以鬼神之事愚弄他，如何得他死心塌地？」

設下這個騙局的會是誰呢？只能是宋江和吳用。宋江和吳用的領導地位已經是事實了，即使不靠這天書，他們的位置也無法撼動，他們這時需要的是江湖的秩序，而這秩序的建立又必須讓人心服口服，天書示意堪稱性價比最高的方式。而且宋江是「學吏出身」，吳用則是落魄秀才，對神道設教模式的運作都不會陌生。有人會說，在落下天書那一回，怎麼硬是不見吳用的身影呢？這就是宋江、吳用的精明過人之處了。按照一般人的思維，天上掉下天書，別人不認得，智多星吳用偏偏認得是沒有錯的，要他宣讀天意不就完了嗎，何必又牽進來一個「何道士」？其實宋江、吳用要的就是讓別人得出這天書與他們一點兒關係沒有的印象，如果吳用在場活動，甚至還認得天書，知曉天意，即使李逵等人容易被鬼神之事愚弄，安知日久天長，不會從中窺破一線天機呢？

現在我們已很清楚，所謂天書決定的座次，背後透出的絕不是什麼天意，而是代表著宋江和吳用的意志。那麼，宋江、吳用為什麼會有這樣的意志，對手下的兄弟如此安排，他們究竟又是基於一種怎樣的考量？

座次中的情、利糾葛

排座次，就等於是一次權力分配，而權力分配的原則，最主要的不外兩個字，就是「情」和「利」。但梁山自有梁山的特殊性，江湖社會以拳頭立足，誰的拳頭硬、本領高，誰就擁有任何人都不敢小覷的實力，所以在「情」與「利」外，「實力」還是一個重要的砝碼。

梁山的這個排座次，上面說過，代表著宋江和吳用的意志。但宋江他們要把這種意志加在這群向來無拘無束的男人身上，使之沒有多少怨言，除了用天意來欺騙和威脅而外，當然還不能不在「情」、「利」的糾葛下，綜合考慮各人的「實力」、「聲望」等因素，努力做到平衡。可以說，這樣的座次就是一個綜合考慮、平衡的一個結果。

先看看天罡星的位次。宋江第一堪稱眾望所歸。公孫勝排在第四位，此人雖然武功低微，可資格老，尤其是裝神弄鬼自有一套，在下層社會中頗有奇效。值得注意的是盧俊義位居第二，硬壓吳用一頭，可能會引發爭議。論武藝，盧俊義也許是梁山第一條好漢，但若要論各人對梁山的貢獻，並考慮今後對梁山的作用，無疑吳用遠超盧俊義。在梁山，好漢成群，林沖等五虎上將的武藝未必會弱過盧俊義多少，要找到盧俊義的代替人選並不困難，而要找到接替吳用的角色，卻太不容易了。宋江讓盧俊義坐第二把交椅，究竟是如何打算的呢？我以為，從中正好透露了宋江心靈深處的極度自卑心理。宋江不過是一鄆城小吏，而吳用是

一究酸秀才，在宋江心目中，如果梁山兩大頭領的出身都不高貴，原來在社會上的名望都非常低微，梁山這支隊伍就始終難登大雅之堂，而盧大員外廣有資財，「是河北三絕」，「北京大名府第一等長者」，更兼「一身好武藝，棍棒天下無對」，在這一方面正好滿足宋江的虛榮心。像盧俊義、柴進在天罡星中的位次都那麼靠前，身份是一個重要因素。那麼宋江要盧俊義坐第二把交椅，他難道不擔心吳用拆臺嗎？更何況，按前面的分析，這樣一個座次應該是宋江吳用兩人合謀的結果，吳用在商議過程中就沒有表示自己的不滿？我以為，在定下這樣一個座次時，宋江和吳用之間肯定是有一個約定的，最後雙方才達成了妥協，吳用也才會同意讓盧俊義排在自己的前面。至於這兩人會有什麼樣的約定，留待我在〈梁山泊的權力結構〉一中細加分析。

天罡星的座次中，最惹爭議的應該是林沖居然在新入夥的大刀關勝之下，屈居第五。論武藝，這兩人堪為敵手，然而論資歷，論對梁山的貢獻，可以說如果沒有林沖的火拼王倫，就沒有目前梁山的這種局面。林沖的地位何以在關勝之下？數十年前，有一位叫薩孟武的學者，寫過一本《水滸傳與中國社會》，專門分析過這個問題。他認為，按書中所寫，因為關勝是關雲長的嫡派子孫，而下層社會中又有一種對關老爺的崇拜，所以，就不能不對關勝格外尊崇了。薩先生所說自然有一定道理，但這應該只是很表面、很微不足道的一個原因。不僅僅是關勝，我們看宋江把招降過來的一些原宋朝將官，比如秦明、呼延灼等人，都放在前列位次，壓在魯智深、武松這些人的頭上，其中的深層原因應

該追論到宋江的私心。宋江一心巴望朝廷招安，他的許多部署都是圍繞這一戰略思想進行的，排座次這樣重要的權力分配手段，當然也不例外。他必須考慮到，怎樣進行權力分配，才最有利於他將來接受招安。而後來招安過程中，魯智深、武松等人強烈反對，關勝、秦明、呼延灼卻默不一言，不正說明現在宋江如此安排座次，的確是很有遠見的一步棋嗎？

排座次中難免會有一點私心，但地煞星中，宋江的弟弟宋清何以會排得那麼低？以大頭領胞弟之尊，不說入天罡星，在地煞星行列中弄個前幾名，又有誰會非議呢？其實這是以世俗社會的那套規則去看江湖社會了，在崇尚暴力美學的江湖社會中，宋江這個時候還不過是一個草頭王，「革命尚未成功」，萬萬不敢如此明目張膽地去徇自己的私情，否則，他是壓服不了這群敢上天入地的豪傑的。只有在他搖身一變，從江湖社會中進入廟堂的時候，依靠遠較個人武功更為強大的暴力，和那一套上下尊卑的新倫理，他的戚屬如宋清之流，才有可能沾溉。「一人得道，雞犬升天」，這只可能是在世俗社會中，不可能發生在江湖。

江湖和世俗社會還有一個重大區別，這就是相對而言，他不那麼注重資歷。世俗社會中，孟子說過：天下達尊者三，德一，齒一，爵一。「齒」，也就是年齡和資歷排在很重要的位置，而在江湖中，一個缺乏足夠實力支撐卻又愛擺老資格的人，是會遭到蔑視的，甚至可能引來殺身之禍。這一點從梁山的這個排座次活動中也體現得較為分明。杜遷、宋萬、朱貴，雖然是王倫的舊人，但究竟是開創梁山基業的元老級人物，這朱貴更是毫無私

心、忠心耿耿，他是反對王倫實行關門主義的，後來無論在晁蓋還是宋江這兩任領導手裡，都堪稱任勞任怨，現在卻都在無尺寸功的宋清之下。那個白日鼠白勝，雖說沒有什麼本事，但資歷甚老，當年晁蓋打江山，做下第一筆大買賣「智取生辰綱」時，白勝就建立過殊勳，現今不過在地煞星中排在倒數第三位。如果是在世俗社會，這種人事安排怎麼能叫白勝等人心平氣和呢？可是沒辦法，這就是江湖社會。

三 梁山泊的權力結構

　　作為非同於世俗社會的江湖，水泊梁山是由一群原來多數在底層生活的人們構成的組織。不論是遭受上峰迫害無處棲身的下級軍官，身無長物遊食四方的遊民，還是在賦稅盤剝之下求告無門的平民，他們既然捨著身家性命聚合到這個組織中來，那自然對這個組織寄予著理想，希望這個組織和他們往日容身的那個社會有所不同。這樣一種理想，實際上就是底層民眾常有的政治、經濟平等的幻想，即既要均貧富，又要等富貴。

　　這種對於政治和經濟平等的樸素理想，水泊梁山似乎已經實現。在經濟上，搶來的財物，除了儲存一部分以為備用，其餘的人各一份，所謂「大塊吃肉，大秤分金銀」是也；在政治上，相互之間稱兄道弟，也幾乎沒有什麼等級界限。但這實際上只是一個虛幻的圖景。就經濟而言，如果沒有生產資料的平等分配，是談不到經濟平等的，何況就是這種粗放的「人均一份」的平等，有資格享用的也只能是那一百單八個頭領，那些嘍囉們何嘗有均分的福份呢？就政治而言，一個「天書」，一個座次，實際上已經宣告了長幼尊卑無序局面的終結。

　　雖然英國思想家羅素說過，「在人類無限的欲望中，居首位的是權力欲和榮譽欲」，而所謂「權力欲」簡而言之，就是一種希望操縱別人的企圖，天生與平等對立。但認真探究，水泊梁山的這種從粗放式平等到終於不平等（尤其是在政治上），並非宋江一人之私心，實在是形勢發展之不得不然。那種粗放式的政治和經濟平等，只可能適應江湖組織的初期階段，在那個時候，組織佔有的財物，除了吃掉喝掉，剩不下多少，組織中聚合的個體，還相當有限，硬要建立一種等級，也幾乎沒有什麼實質性意義。這個時候，一種粗放式平等，對組織中的任何人而言，都有益無害。然而這個組織一旦發展起來，則必須建立一套秩序，沒有秩序，尊卑無序號令不遵，只會是一群缺乏戰鬥力的烏合之眾，而秩序的建立，又自然要以犧牲平等為代價。

　　排定座次的水泊梁山，既然為了組織的發展，不得不放棄了平等的烏托邦理想，那在這樣一個組織中，就自然產生了權力的巨大陰影。分析梁山的權力結構，大致說來有這樣兩個問題：一是梁山的權力中樞是怎樣構成的？二是在梁山，權力的運作是一種什麼樣的形式？

梁山權力中樞之構成

　　梁山的最高領導權在誰手裡？

　　一般人都會目光放在天罡星的前兩位上，即宋江和盧俊義，梁山樹立的兩面大旗，也是印著宋、盧的名號：「山東呼保

義」、「河北玉麒麟」。其實這是很皮相的看法。宋江當然是梁山的最高決策者，而能夠參與和制定決策的，除了吳用，梁山再沒有第二人，也就是說，盧俊義上山後，雖被推坐第二把交椅，但實際上吳用的權力並沒有得到絲毫削弱，宋江、吳用仍然是梁山的權力核心。上個世紀五十年代，一個叫楊柳的先生著了一部《水滸人物論》，他就看到了這一點，書中說：梁山的一切大事都是由宋江和吳用兩人最後決定的，「梁山泊，除了宋江，吳用是唯一可以發號施令，同時他的話能獲得眾弟兄服從和擁護的一人。盧俊義雖身為副頭領，但他的話卻沒有像吳用那樣具有威權和實際約束力。」這樣的判斷完全可以從《水滸》的一些細節描寫中得到證實。梁山排定座次後，發生了很多大事，但無論是迎戰童貫、高俅等朝遷的征剿之師，還是定下接受招安之策，還是在征遼、討方臘等大小戰鬥中，都可以看到類似這樣的話，「宋江與吳用已自商量好計策」，「宋江便與吳用商議」等等，卻很少看到在這種最高決策的過程中，盧俊義的身影。

那麼，以宋江、吳用為核心的梁山權力中樞，是怎樣形成的呢？宋江似乎可以少論，有歷史的原因，也有經他個人使用各種手段建立的人脈、權威的作用。吳用呢？按楊柳先生在《水滸人物論》一書中的看法，吳用在梁山之所以擁有這麼高的威信，「這和他的革命歷史悠久以及能力強是分不開的」。這當然沒錯，吳用的作用在梁山是無人能夠取代的，不過，僅此一點，卻無法說明為什麼要把盧俊義排除在領導核心之外。是啊，宋江既有手腕，又有威信，吳用則算無遺策，這二人都應該進領導班

子，應該是權力核心，但盧俊義分明是第二頭領，為什麼卻只享有一種名份，實際上卻沒有多少權力呢？

我在前面〈座次之謎〉一文中曾經說過，因為宋江考慮到盧俊義梁山第一人的武藝，更因為其顯赫的地位和聲望，所以利用天書，硬把一個剛上山入夥的盧員外推到了第二把交椅上。宋江如此安排，最大的一個障礙顯然來自於吳用，因為吳用的第二頭領的位置在盧俊義上山之前，就已自然形成。所以我分析，宋江、吳用排定座次時，兩人之間肯定有一個交易，最後才達成了妥協。究竟是什麼樣的交易？書中雖然沒有點透，但按照情理去分析，卻並不難得到一個大致的判斷。

權力和愛情一樣，都是排他的。原本擁有僅次於宋江權力的吳用，現在卻突然被告知，他必須讓出第二頭領的位置，其心情是可想而知的。幸好吳用手裡並非沒有牌打，他的無人能及的妙算就是他和宋江博弈的最大本錢，而宋江對吳用打出的這張牌又顯然不能無動於衷，宋江很清楚如果吳用拆臺，撂攤子，對梁山和他將意味著什麼。宋江必須妥協，但要這個第一頭領在吳用的攻勢面前完全妥協和退讓，又是不可能的，否則還叫什麼梁山泊王？今後怎麼號令群雄？對宋江來說，最好的結果就是既堅持自己原來讓盧俊義坐第二把交椅的決定，又拿出一點東西給吳用，把他安撫下來。而對吳用來說，最好的結果則是既避免和第一頭領徹底決裂，又能滿足自己對權力的渴望。雙方博弈的結果，只能是各退一步，達成一筆雙方都能接受的交易：讓盧俊義坐第二

把交椅，成為名義上的最高領導人之一，但不具備決策權，而吳用雖然失去了最高領導人的名份，卻擁有實際的權力。

就這樣雖然沒有刀光劍影，卻也經過一番折衝樽俎，梁山的權力中樞終於形成了。接著就是權力如何發揮作用了。

梁山權力的形式

一個叫鄧尼斯・朗的美國人寫了一本《權力論》，他在書中分析權力有三種形式：武力，操縱，說服。美國人看得很準，在市俗社會中，權力就是這樣發揮作用，讓別人遵循你的意願行事，而江湖社會則也概莫能外。

不過，水泊梁山和大宋朝廷相比，權力運行的外部環境和客觀條件畢竟還有很大不同。大宋朝的權力，是在一套苛密、完整的規則和秩序下運行的，固然也會有一些像吳思先生所說的「潛規則」，但多數還是以成文形式固定下來，其禮法傳統則更深深植根於儒家的意識形態。談到過去的皇帝，今人喜歡一概以「黑暗」、「專制」稱之，錢穆先生曾大不以這種簡單的判斷為然，結果又遭到了一些今人的痛批。現在不必詳論其中是非曲直，不過可以確定的一點是，即使是皇帝，他也不能不受到很多牽制，皇帝的權力並非是沒有邊界的，他的權威要形成為國家意志，就必須自覺契合千百年來積澱而成的禮法傳統。他的言行準則，都是有一套精細的制度的，能夠做什麼，不能夠做什麼，黑紙白字上都寫著呢。一個聰明的皇帝，是會自覺遵守那一套規則的，因

為他知道這於他的統治有利，而只有昏而暴的君主，才會肆意踐踏這些規則，並悄悄迎來權力的崩坍。水泊梁山的權力運行沒有這些牽制，突出表現為無規則，其實這也是梁山的生存和發展所必須的。可以設想一下，如果水泊梁山也和大宋朝廷一樣，建立一套繁文縟法，詳細界定那些頭領能做什麼，不能做什麼，宋江吳用等人的言行又必須符合哪一條哪一款之規定，那梁山勢必失去它原有精幹靈活的快速反應優勢，這個偏居一隅、人少勢薄的江湖組織也就很難與龐然大物的朝廷對抗了。

相較於大宋朝廷，梁山的權力運作很簡單，就是靠宋江、吳用的一張嘴。過去說皇帝「口含天憲」，很多時候並不準確，除了亂世，君主們並不能隨便以自己的一句話定某人的生死和升遷。只有江湖社會，其頭領才真正是「口含天憲」，組織的意志幾乎都是靠嘴傳遞出去的，頭領吐出的話，就是代表這個組織的意志，其手下成員必須無條件接受。這種方式簡易快捷，因為頭領的權威是得到公認的，在組織發展之初，往往會有奇高的效率。有人會問，如果頭領以嘴下達指令，下面的人卻不執行，事後以「口說無憑」抵賴會如何呢？不要忘了，這是江湖社會，除非此人想被眾人所蔑視，不準備在這個組織混下去了。

以宋江、吳用為核心的梁山權力中樞，「口含天憲」，自然是以他們擁有權威作基礎的。除此之外，他們還另有權力保障機制，也就是美國人所說的「武力」、「控制」和「說服」。「武力」是不用多論的，當然，在梁山，權力中樞很多時候並不需要把這一點赤裸裸地顯示出來，因為梁山上的所有人對此都心知

肚明。「控制」，美國人說：「當掌權者對權力對象隱瞞他的意圖，即他希望產生的預期效果，就是企圖操縱他們。」宋江從上梁山之日始，就有一套完整的規劃，卻始終未挑明這一點，相反卻打出一個讓武夫們莫測高深的「替天行道」旗幟，排座次時，故弄玄虛，說什麼「我等既是天星地曜相會，必須對天盟誓，各無異心，生死相托，一同扶助宋江，仰答上天之意」，就是借助天老爺，以期增強他對梁山的控制能力。「說服」，當宋江準備接受招安，卻面對阻力時，「武力」不能用了，因為反對招安的並不是極少數分子，「控制」也失靈了，因他這時已無法隱瞞自己的意圖，於是只好使出了「說服」這一招，說雖然滿朝文武多是奸邪，但皇帝還是「至聖至明，只被奸臣閉塞，暫時昏昧」，終有雲開見日的一天，到那時「知我等替天行道，不擾良民，赦罪招安，同心報國，青史留名，有何不美！」真是苦口婆心，果然頗有效果，「眾皆稱謝不已」。

權力是一把雙刃劍，並不純然就是一個壞東西，水泊梁山是一個江湖組織，自有其目標和功能，因此就不可能是一個沒有權力陰影的世外桃源。權力就有權力的共性，但既然是江湖社會，梁山的權力結構又自有其特殊性，讀《水滸》時，於此兩方面均不可不察。

㈣ 「逼上梁山」考

　　一部《水滸》讓「逼上梁山」成為流行詞語，在中國人的觀念中，起而與一種固有秩序對抗的英雄幾乎無一例外都是被「逼上梁山」的。這種觀念是從哪裡來的呢？據專家考證，在關於《水滸》的各種戲曲中，「林沖雪夜上梁山」一齣最為人們所樂見，在「大雪正下得緊」的舞臺背景中，林沖握著槍，背著酒葫蘆，義無反顧地走上了一條他原本做夢都沒有想過的道路，真是悲歌慷慨，催人泣下。可以說，正是林沖逼上梁山這一幕在讀者和觀眾心目中印象太深，早已積澱為一種集體無意識，乃使人們將其對林沖的經驗放大了，擴展到了每一個梁山好漢的身上，以致以為他們都和林沖一樣，是被「逼上梁山」的。

　　其實，這種原本只針對一個人的經驗，硬將其擴大化，是非常荒謬的。具體到梁山，那些嘯聚一方、殺人越貨的豪傑們，真的是被一種不可抗的外力硬逼到了這一地步嗎？那就讓我們較真一回吧。

什麼才能叫「逼上梁山」？

討論一個概念，先得規定其內涵和外延。

「逼上梁山」，關鍵字眼唯在一個「逼」字。「逼」者，迫不得已也，即除了上梁山，自己就沒有更好的選擇，意味著沒有棲身之處。一個「逼」字，它還同時說明當事人原本是排斥梁山的，原來壓根兒就沒有想到會以梁山為棲身地，是一種他自身無法抗拒的力量，推著他走上了這唯一的道路。

對照這一內涵，我們且將一百單八將細細數來：

晁蓋、吳用、阮氏三雄、白勝等人，是因為劫了生辰綱，躲避追捕來到梁山的。如果不犯下大案，晁蓋和吳用的日子應該說都過得相當不錯，晁蓋甚至還是一方富豪。當然阮氏三雄以打漁為生，家境差一點，但也絕非不上梁山就活不下去的地步。而且阮氏三雄原來是很羨慕梁山好漢大塊吃肉大碗喝酒之生活的，哪裡還用得著「逼」呢？

宋江，原在衙門裡當差，在那一縣也是個有頭有臉的人物，我們沒有看到，有什麼人什麼力量在硬逼著他上山落草。誠然，在他「通寇」，繼而殺了閻婆惜，又在潯陽樓寫「反詩」後，的確是只有梁山這一枝可棲了。不過，他的「通寇」、殺人等等，那可是他的主動選擇，沒有什麼人威脅他非如此不可的。

將官群體中，花榮肯定不能算「逼上梁山」，因為他早就因受文官劉高壓制，對梁山充滿了欣羨之意；土豪群體中，李應是在梁山與祝家莊的惡戰中，就開始和梁山暗通款曲；魯達、武

松、楊志、李忠、燕順、王矮虎等人，在上梁山之前就已另占山頭，稱雄一方；至於張青和水上的張橫張順兄弟、揭陽鎮上的穆弘穆春兄弟，要麼早就在做殺人越貨的勾當，要麼本來就是地方惡霸，都是「逼」別人的角色，以至宋江和負責押解的朝廷公差在穆氏兄弟「關照」之下，連一個歇腳的地方都沒有，這樣的人物哪裡還會被人「逼」呢？

……

細數一百單八將，解珍、解寶兄弟，雖然從他們和土豪毛太公一言不合，就「打碎了廳前椅桌」的表現，同時考慮其與提轄孫立的親戚關係，基本可以認定他倆在地方上也是極為厲害的角色，但到底是被陷害，可以勉強把他們的劫獄入夥視為「逼上梁山」，除此之外，整個梁山，真正夠格能稱「逼上梁山」的，其實只有一個林沖。他是在固守一個良民行為規範的情況下，被人屢次欺凌，幾乎殞命，乃不得不拔刀而起，尋一安身立命之處。而在那個時候，能夠滿足這一條件的只有梁山。

有人會說，盧俊義，還有那一群因與梁山作戰不利被擒的將官們，他們的入夥何嘗不是被逼的無奈之舉呢？按我理解，他們也是不能算的。「逼上梁山」，在人們約定俗成的理解中，實施「逼」這一動作的人應該原屬於社會的主流勢力，比如朝廷、官吏、鄉紳等本應代表主流價值的一股力量，而只有當這樣一股力量突然扭曲變態，不僅不維護善良、恭謹等主流價值，反倒剿滅之、壓迫之的時候，遭受逼迫一方的反抗才特別具有悲劇意味，才更能震撼人心。而盧俊義、秦明、呼延灼等人，充其量只能算

「誘上梁山」，而且實施「誘」這一動作的人還並非原來社會的主流勢力，而實際是梁山，宋江他們或以計誘，或以言語誘，於是悉入梁山彀中。

林沖「逼上梁山」，讓人掩卷淚下，為之悲憤，這符合「逼」的特徵；而盧俊義、關勝等人在梁山的誘導下上梁山，卻頗具喜劇色彩。同為上梁山，其中差別實不可以道里計。

為什麼會有「逼上梁山」神話？

雖然在梁山這個江湖組織中，真正被逼得走上反抗舊秩序這條路的，實在微乎其微。但這並不妨礙這群豪傑們欣然打出「逼上梁山」這面旗幟。「奸臣當道，官逼民反」，這是宋江和眾好漢們隨時隨地都要掛在嘴上的一句口頭禪。還不僅僅是梁山，只要考察中國歷史上任何一個反抗舊秩序舊倫理的組織，就會發現，這都是一個屢試不爽的金字招牌。於是，中國歷史上誕生了一個「逼上梁山」的神話，人們也漸漸認可了這個神話。

在中國歷史上，雖然沒有成熟的政治學，雖然老百姓身受物質和精神的雙重奴役，但老百姓並非就全然沒有認識到，面對苛政，他們有反抗的權利，因為這本來就是人生而為人的一種本能。儘管如此，面對苛政和惡人，中國底層百姓中真正起而反抗的，卻始終是極少數，大概正是看到這一點，也才有一些人士感歎「中國的老百姓太好了」吧？現在討論這一問題，我儘管是個憎厭無秩序的人，但仍然堅定承認，「官逼民反」有合理性，也

並不違背現代政治學原理，然而竊以為，必須提醒人們深加注意的是，在中國歷史上，「官逼民反」的邏輯落到現實中，起來反抗的卻往往並不是遭受凌逼的人。

「官逼民反」，實際上登高一呼的人很可能在官逼之前就已經有了「反」的思想和行動了，梁山好漢們大多如此。但他們仍然要打出「逼上梁山」這塊抬牌。

有沒有這樣一塊招牌當然是大不一樣的。

第一是可以製造悲情。林沖雪夜上梁山，之所以讓旁觀者悲憤難抑，是因為被碾壓的人在林沖身上看到了自己，感同身受，產生了共鳴。而一旦一個組織也以被壓迫者的形象在公眾心目中定格，那它定能獲得深廣的同情，用現代語言，也就有了群眾基礎。

第二是可以裝扮自己。梁山好漢上梁山的動機不一，有的為名，如宋江就是因為感歎功不成名不就，才一步步走上了梁山，有的為財，如晁蓋、吳用、阮氏三雄，有的為色，如王矮虎，有的可能乾脆想名、財、色兼收。然而這樣的底色畢竟並不光鮮，只好留給自己人看的，現在用「逼上梁山」這一床上好的錦被遮蓋，端的是花團錦簇了。

第三是可以樹立合法性。一個王朝建立統治需要合法性，即使這個王朝怎麼看也不具備什麼合法性，但它也要死活找一種理論來證明之。反抗這個王朝的人也需要一種合法性，而在中國歷史上，因為缺乏成熟的政治學，沒有什麼理論資源，這種合法性卻並不容易找到。「逼上梁山」恰恰就是最容易想到的，在底層

民眾中也最易收到奇效，因為它並不依靠什麼深奧學理的解說，訴諸的不過是人的本能：蚊子咬你幾口，你不也要拍牠一下嗎？這樣一問，還會有多少百姓不理解不支持這種反抗的行動呢？

……

於是，一個「逼上梁山」的神話，就這樣催生了。而從另一方面看，雖然有人催生了神話，但要讓這個神話具備信仰似的力量，卻還離不開公眾的傳播，和對它的堅定的信念。中國歷史上，底層百姓為什麼會樂於傳播「逼上梁山」這樣一個神話呢？其實也不難理解。第一個原因，他們認為對主流勢力，這是一種很好的警示，就像兔子逼急了也要做出咬人的動作一樣，以此希望換來主流勢力一定的妥協，讓自己能夠稍稍像樣的生活；第二個原因，熟悉中國歷史的人就都知道，雖然最先想到利用「逼上梁山」這塊招牌以號召民眾的人並不多，但一旦形成氣候，特別是在一個秩序失範的時代，就可能會有越來越多的人被裹挾進去，他們在跟著走的同時，不會不知道這是一條充滿兇險的道路，而這時他們就需要有一種東西支撐著自己繼續往下走，就好比人在暗路中常要以吹口哨解除恐懼感似的，「逼上梁山」一說，正好讓他們找到了繼續往下走的正當性，他們終於說服了自己。

「逼上梁山」之所以和「劫富濟貧」一樣，成為歷史上傳唱不衰的經典神話，從某種程度上講，這是因為英雄和群氓們形成了合謀。

五 英雄與情色

　　曾經在網上讀到一篇很有趣的文章，題為〈我要嫁給梁山好漢〉，大概出於一位待字閨中的時尚女青年之手。她要嫁給梁山好漢的理由有四條：一是梁山好漢沒有緋聞，一個個都像坐懷不亂的柳下惠，嫁給梁山好漢，不必擔心他們在外面亂搞女人；二是嫁給梁山好漢，不會被欺負，而且還能得到他們強有力的保護；三是梁山好漢個個都是坦坦蕩蕩堂堂正正的真正男人，憑自己水平能力打拼自己的位子；四是梁山好漢個個是俠肝義膽除暴安良的正直之人。嫁了這樣的男人，既放心又安心。

　　梁山好漢是否都是除暴安良的正直之人，女性嫁給他們就會得到很好的呵護，我在前面第一輯「人物篇」中，已有多篇加以論述，此處不贅。我最感興趣的是第一條，「梁山好漢沒有緋聞，一個個都像坐懷不亂的柳下惠。嫁給梁山好漢，不必擔心他們在外面亂搞女人」。

　　對於這一條，我首先要指出，梁山好漢並不是個個都像柳下惠，比如這支大軍中就有王矮虎、小霸王周通這樣的色中餓鬼，就是他們的大頭領宋江，初時也是要「夜夜與婆惜一處歇臥

的」，「向後漸漸來得慢了」，表面上似乎是宋江真的「於女色上不十分要緊」，按我看只是在遮掩「玩膩了」的事實而已。

不過，從《水滸》一書的總體看，絕大多數梁山好漢都的確像性冷淡者，武松面對潘金蓮的挑逗，反應是「武二是個頂天立地噙齒戴髮的男子漢，不是那等敗壞風俗沒人倫的豬狗。嫂嫂休要這般不得廉恥。」在潘巧雲美色面前，石秀是「頂天立地的好漢，如何肯做這等之事。」晁蓋、盧俊義等也是「打熬筋骨」、「打熬氣力」、「不親女色」。梁山好漢更彷彿以是否能禁欲來判斷英雄的品級，像王矮虎，犯了宋江所說的「溜骨髓」三個字，所以在梁山中只能是下下人物，哪怕他娶的是大哥宋江的乾妹子。

英雄拒絕色的誘惑，對這一點，不論是聲稱要嫁給梁山好漢的稱讚者，還是從人性的角度大加貶斥者，都沒有否定「英雄不好色」的事實，彷彿梁山好漢真的都是天生與「色」絕緣的特殊材料，始終在張揚美色在前不動心的價值觀。而據我的考察，這應該是一個嚴重的誤解。

「對女色不動心」與「對女人不動情」

在我看來，與其說梁山好漢始終在張揚「對女色不動心」的價值觀，不如說他們最看重的是「對女人不動情」。

「對女色不動心」與「對女人不動情」，這兩者的區別那可是相當的大。不好色，在任何時代任何社會，都可能是一種讓

人肅然起敬的美德，而對女人不動情，則只能是在江湖組織中，置身遊民文化的氛圍裡，才能成為主旋律。遊民們習慣於餐風宿露、刀口舐血，沒有家室之累，沒有情感之絆，無牽無掛，也才好風風火火闖蕩江湖，殺人與被殺都能以一個「痛快」了得。所以，他們也許因為受傳統的「一滴精一滴血」思想的影響，怕縱慾耗損了氣力，「溜了骨髓」，可能會對女色表現出恐懼，但最根本的，卻還是主張要對女人不動情，冷漠乃至仇視。

　　不妨來分析一下梁山好漢與情色相關的幾起事件。

　　先看武松。武松在《水滸》中寫得像神人一樣，但最早流傳的武松故事卻不是這樣。龔開的《宋江三十六人贊》已有「行者武松」一條，那贊語的後半句是「酒色財氣，更要殺人。」那時的武松，還是一個不守戒律、貪財使氣的酒色行者，但隨著故事的變異、流傳，《水滸》中的武松終於定格成為不貪美色、快意恩仇的英雄。這只能說明《水滸》的最後成書，是在一個遊民文化勃興的時代裡。然而即便是這樣，原來真實的武松在書中也還留下了一些殘跡：剛剛拒絕嫂嫂引誘後來又憤而殺嫂的武松，到了十字坡，面對孫二娘，卻說起了風話，先是說：「我見這饅頭餡肉，有幾根毛，一像人小便處的毛一般」，又接著問：「娘子，你家丈夫卻怎地不見？」更挑逗曰：「恁地時，你獨自一個須冷落。」再回頭看他對潘金蓮的斥責：「武二是個頂天立地、齷齪戴髮男子漢，不是那等敗壞風俗、沒人倫的豬狗！嫂嫂，休要這般不識廉恥。」對照一下，武松在嫂嫂面前的極重風俗和人倫，怎麼到了一個陌生的女人面前，就完全不見呢？其實很簡

單,武松之怒斥潘金蓮並不表示他就不好色,他顧忌的只是傳統倫理和江湖的名聲。

再看史進。史進在天罡星中位居馬軍八虎騎兼先鋒使之一,也算響噹噹的人物了,在宋江引兵攻打東平府時,他因為想入城去刺探情報,想到了老關係,「與院子裡一個娼妓有交,喚做李睡蘭,往來情熟」,不料被妓家報官被擒。解讀英雄與情色的關係,這是一個很經典的例子。遊民們對逛窯子其實是向來很熱衷的,因為可以嫖完就走,沒有什麼後遺症,所以愛逛窯子的史進在江湖組織中並沒有受到歧視,後來還能升到天罡星的位次。然而史進在這裡卻犯下了遊民的一個大忌諱:不但嫖了,還「好生情重」。在遊民看來,這就大大不妥,要壞大事了。

還可以看雙槍將董平。東平府程太守的女兒「十分顏色」,董平借梁山攻城的機會提親卻被婉拒,因此倒戈,率領梁山大軍賺開城門,自己「徑奔私衙,殺了程太守一家人口,奪了這女兒。」按說一個人為了女色這般作為,應該早已失去了英雄的資格,可是梁山照樣禮待董平,讓他做五虎上將之一。這個例子也很能說明問題:只要武功高,好不好色並不緊要,王矮虎之所以被人瞧不起,骨子裡的原因還是其武藝太過低微罷了。而更重要的是,董平雖然搶了別人的女兒,卻殺了別人一家,在遊民們看來,這就顯示他僅僅是為色而絕非為情所惑,完全沒什麼大礙了。

以上略舉三例,都可以看出,梁山好漢們在「對女色不動心」和「對女人不動情」的問題上,他們更看重後者。《水滸》

一部大書，我們哪裡能看到關於英雄情愛的動人篇章？自然，梁山上人才濟濟，也並不缺乏既「對女色不動心」，更「對女人不動情」的「完人」，比如李逵就是，他和宋江、戴宗在潯陽江酒樓上喝酒，一個賣唱的女子擾了他的清興，他就要報以老拳，簡直讓人懷疑他的器官是否發育不全；石秀也是，既能頂住潘巧雲的誘惑，更能在絕色佳人討饒時，冷冷地說一句：「嫂嫂，不是我！」

　　梁山好漢如果真的不好色，那當然是很可貴的，可如果更進一步，強調對女人還不能動情，不知道那位想嫁給梁山好漢的現代女子還有沒有興趣？

光棍集團的性問題

　　說梁山大軍基本是一個「光棍集團」，大概是沒有什麼疑義的。

　　梁山好漢們上山之前本就以打光棍者居絕大多數，有些好漢，因緣際會，也曾抱得美人歸，或娶作正室，或另闢外宅，或露水姻緣，卻大多最後以光棍之身上山。如林沖有妻，被高俅父子陷害自殺；秦明有妻，被宋江設下毒計讓青州知府砍了頭；盧俊義、楊雄有妻，卻都「不守婦道」，被自家男人「清理了門戶」；宋江無妻，但有個像外室又像奴婢的閻婆惜，最後也是宋江親自殺掉了。這些人士，上梁山後未聞再娶，也都沒有「偷香」的緋聞。

　　盤點一下，梁山好漢頭領中有妻室的大概只有以下幾人：徐寧、張青、孫新、王矮虎。其他人都應是光棍。其實就是這幾人中，除了徐寧外，另外張青等人的妻子一直和男人一樣，活躍在江湖拼殺的第一線，大概在群雄心目中早已失去了性別。頭領都是如此，其他嘍囉們即使不作交代，按照情理就更應該是光棍了。

　　按說，這樣一支光棍集團，是很符合梁山好漢們的理想的。他們不是如宋江所說，「貪女色，不是好漢的勾當」麼？

　　然而，不貪女色，並不代表就完全沒有「慾」的需求，這是一個非常常識的問題。聖人早就說過，「食、色，性也」，何況原本是在高度豐富的宋朝市井文化中浸泡過的江湖豪傑？更何況，正如我前面所分析的，梁山好漢未必真的就是和「色」結緣的特殊材料？

　　於是，就有了一個看似不太正經卻吻合人性和情理的問題：梁山上的光棍集團究竟怎樣解決性的需求？說句並不誇張的話，因為《水滸》的作者對此幾乎沒有花費筆墨，給人解讀留下了很大困難，我以為這堪稱《水滸》一書中最大的謎團。

　　《水滸》的作者在遊民文化勃興的社會氛圍中，有意張揚梁山好漢不親女色的鋼筋鐵骨，連正常的人欲都作了模糊處理，但這顯然並不表示，在那麼長的時間裡，一支光棍大軍就完全不會因正常的人欲，而出現各種各樣讓人煩惱的問題。然而老實說，要解決我認為的《水滸》最大的謎團，書中是沒有多少有價值的內容可供尋覓的，而我寫作本書的一個宗旨，又是堅持立足於

《水滸》文本，不戲說，也不憑空臆想。所以，我只能在此提供一些思考的線索。

首先，應該杜絕一個也許方便但非常不合傳統倫理的想法，即在那僅有的幾個梁山女人身上打轉。這是完全不可能的，不僅僅因為傳統人倫在這一方面的限制，即使在遊民中間也是有效的，更因為遊民向來是視好漢榮譽高於一切的，這就像武松即使對潘金蓮的美色動了心，但只要一想到他可能因此而失去江湖中的威望，也會克制自己的欲念。

那麼，是像王矮虎那樣搶幾個壓寨夫人？可是這樣一來，整個秩序就亂了，因為極容易上行下效。事實上也是不可能的。

看來，只有最後一條線索了。梁山大軍是經常要下山劫掠的，當然也許誠如下山前的初衷，主要是為了金銀和糧草，但中國的傳統，無論是在市井社會，還是在險惡的江湖，向來是「女子」和「玉帛」連在一起的，加之，梁山大軍一旦攻破城池，幾乎談不上什麼秩序，這有書中的文字作證：梁山攻破大名府，照例大肆擄掠，倒是那個行刑的劊子手蔡福好心，請求「可救一城百姓，休救殘害」，「吳用急傳下號令去時，城中將及損傷一半」。在城池陷落還並不長的一段時間裡，居然「將及損失一半」，不能不說這裡充分顯示了光棍大軍的赫赫「武功」，在這樣的過程中，難道還一定會單獨對「不親女色」發一道命令？或者即使頭領不發命令，這群光棍們也會默念「英雄最忌溜骨髓」的咒語，只顧搶錢和殺人，而不做任何別的事情？

我不相信。

⚅ 梁山泊的三條道路

作為一支起初以反抗主流價值及秩序為取向的江湖組織，梁山泊經過一段頗有聲勢的壯大發展期，最終卻又以接受朝廷招安的方式，表示了向主流價值及秩序的回歸。

對於這樣一種結局，讀《水滸》的人中，多數認為是一件憾事。有一個時期，宋江還被戴上了「革命不徹底」、「葬送了革命事業」等莫名其妙的帽子，說帽子「莫名其妙」，因為梁山泊所從事的本來就不是什麼革命的事業。

正因為對這樣一種結局的不滿，所以，千百年來，一直有人試圖改變梁山泊英雄所走的道路，以獲得另一種「了斷」。明末金聖歎應該是第一個，他刪去梁山接受招安以後的幾十個章節，而徑以盧俊義的一個怪夢作結。什麼樣的怪夢呢？就是梁山一百單八將盡被宋朝大臣嵇叔夜捕獲處斬。對於金聖歎「腰斬」《水滸》的功過是非，此處不想討論，不過，金聖歎對梁山接受招安的結局不滿是清清楚楚的，他想讓水滸英雄繼續造反的意圖也是清清楚楚的。說起來，梁山泊除了接受招安，實際上也只有兩條道路可走，即要麼自動散夥，要麼造反到底。

接受招安，自動散夥，繼續造反，這就是梁山泊的三條道路。走接受招安這一條道路，會到達什麼終點，書中似乎已清楚揭示，但對作者的這種安排，我是頗不以為然的，因為這既不符合宋江好弄權術的性格，更不契合歷史的規律。試想一下，宋江安身立命之本，唯在以權術勝，即使接受招安，他難道不知道在身處猜忌之下，保存實力對自己的重要？怎麼可能傻乎乎地主動去征這個討那個，把一點和朝廷博弈的老本賠光了事？從以往歷史上看，一個處在困境之中、虛弱的政權對待那些投誠歸來的原反叛集團，儘管事實上不能不在內心裡著意提防，但限於客觀時勢，至少在表面上也要表現出相當優禮的態度，更不敢過份凌逼，因為那是有為淵驅魚為叢驅雀的危險的，弄的不好這一力量就會跑到政權的另一邊，反為敵助。而這時的大宋王朝，外有強敵窺伺，內有民變頻頻，就是一個典型的虛弱政權，從情理上講，他不可能對「反正」的梁山大軍採取那樣陰辣的招數。實際上在大宋朝以前，反叛勢力投誠後享盡尊榮的例子是數不勝數的，比如晚唐和五代時期，那個跟隨黃巢造反後來又投降了唐王朝的朱溫，因為他善於保存實力，擅長和動盪時代各方力量相周旋，不是還坐上了皇帝寶座嗎？

宋江接受招安後，究竟是如《水滸》書中所寫沒有善終，還是依賴梁山大軍這一老本，穩穩地坐享榮華富貴，因為史書沒有明確的記載，暫且存疑。我們且分析一下，梁山泊如果拒絕招安，會有著怎樣的命運。

自動散夥：不可能的選擇

我雖然把「自動散夥」列為梁山泊的選項之一，但這只是從邏輯上究盡各種可能，而事實上，這種可能性是幾乎不存在的，梁山泊選擇這種道路的概率極低。

為什麼這麼說呢？很簡單，「自動散夥」對梁山群雄來說，是一種性價比最低的選擇。因為中國歷史上的各代統治者，都把犯上作亂視為最不能寬恕的大逆不道之罪，梁山英雄以其矯矯不群的聲勢和千軍辟易的威風，早已在統治者的薄籍乃至心靈上刻下深深烙印，大宋朝皇帝在書房的屏風上「御書」宋江、方臘等四大寇的姓名，銜之次骨，躍然紙上；中國歷代的法律又多不人道，絕不會因為一個曾經造反的人，現在要改過從新，就真的把前帳一筆勾銷。也就是說梁山群雄即使自動散夥，仍然無法融入主流社會，只會成為被捕獲的對象。而當自動散夥後的梁山好漢們，一旦發現自己仍然不能被主流秩序所接受，想有所抗爭時，又會驀然發現，當初的散夥等於自廢武功，大大減少了和官方周旋的能力，只會極便於官府各個擊破。

這是從情理上分析，梁山泊不會選擇自動散夥。另外從利益上看，遊民、俠士、原宋朝將官們當初聚集到梁山的旗幟之下，都是有著相當世俗的理想的，要麼是想吃香的喝辣的，要麼是想暫時棲身以便東山再起，不論梁山泊的領導中樞對梁山的前途有著怎樣的考慮，但只要梁山的大旗還在飄揚，這一切理想就都還

有所著落，而一旦自動散夥，則意味著理想徹底幻滅，以前所付出的一切努力都打了水漂，這些人怎麼可能答應呢？

既不想自動散夥，如果又不願意接受招安，那就只有造反到底一途了。

造反到底：兩種結局

梁山大軍如果決心造反到底，也無非有兩種結局。

一是被朝廷徹底剿滅。老實說，雖然《水滸》作者在描寫梁山大軍之無往不勝上極盡筆墨之能事，但如果他們拒絕投誠，被剿滅應該說還是其最有可能遭遇的結局。這一點我們只要看一看梁山大軍在戰略上的部署就很清楚了：梁山雖然屢屢下山犯州掠郡，可本質上都不過是打家劫舍的勾當，撈取一點油水後便馬上收兵回營。也許是因為梁山泊的權力中樞在意志上的薄弱，梁山泊似乎只想維持一種小富即安的局面。而要想對抗一個儘管虛弱、但瘦死駱駝比馬大的中央政權，就必須先建立一個穩固、富有迴旋餘地的大後方，僻居一隅的梁山泊，哪裡能擔當這種重任呢？真要和歷史上那些有數的造反武裝相比，梁山大軍可以說是差得很遠的，因為那些武裝是經常要對中央政權發起進攻的，儘管常常是「游擊主義」，邊打邊跑，但至少是一種進攻的姿態，而梁山大軍，基本上對中央政權取的是一種守勢。那些積極進攻，有時甚至連中央政權都不得不遷都以避其鋒的造反武裝，最後常常都不免如曇花一現，何況現在還只是勉強固守梁山泊一隅

的宋江們？至於書中描寫的梁山輕易擊敗征討大軍的場面，即使不是作者的誇張，對一個中央政權來說，那點損失也是不足為慮的。等到大宋朝真把梁山當作一個心腹大患去應對時，梁山泊實際上是很難長久支撐下去的。

　　二是僥倖成功，完成了改朝換代的使命。因為梁山大軍的先天性弱點和戰略上的缺乏遠見，這一結局的概率極低，但極低並不代表就全無可能，特別是中國輪迴的歷史常給人豐富的暗示，否則不會以李逵的粗魯，也會想到要殺到京城去奪了鳥位。當然，要獲得這樣的成功，是要付出極大的代價的：像李逵這樣的供驅馳的將領，有可能會在攻城拔寨中損失殆半；甚至可能連梁山泊王宋江也死於非命，所幸在造反武裝中重新推舉一個領袖並非難事，只要繼續扛著「官逼民反」、「替天行道」什麼的大旗，給追隨者一個「殺上東京，奪了鳥位，大家快活」的希望，就夠了；至於敵對陣營，其損失就更不用說了，「天街踏盡公卿骨，內庫燒為錦繡灰」，這已經是極平常的景象，甚至連大宋朝的皇帝，也可能在眾叛親離中淒淒惶惶地自行了斷。這都是可以想見的代價，還另有一些代價可能是當事雙方常常漠視的，那就是人民所受的苦難。在這樣對壘雙方非此即彼你死我活的爭戰中，老百姓既不能逃到桃花源，就必須選擇一方，而這樣的選擇未免太艱難了。近代史上清帝退位後因為還有人鬧復辟，所以民間流傳一句順口溜：「不剃辮子沒法混，剃了辮子怕張順」，真足代表老百姓左右為難的苦境（「張順」可能是辮帥張勳的訛音）。於是就在這樣艱難的選擇中，老百姓被一方以「叛逆」的

名義殺戮，接著又被另一方以「叛逆」的名義再度殺戮，就是再常見不過的景象了。……

　　這樣慘重的一幕，在講究歷史必然性的人心目中，倒也算不了什麼，因為在他們看來，這是歷史前進必然要付出的代價。問題是，歷史前進了多少？梁山大軍成功以後又會怎樣？毛澤東在論述《水滸》的文章中說：「宋江投降了，就去打方臘」，因為以往的歷史事實俱在，我們可以接著偉人這句話，試著為梁山造反成功的結局下一轉語：宋江成功了，又是一個趙匡胤。如果還要接著往下寫，則「又是一個趙匡胤」之後，應該是「又冒出一個宋江」，……輪迴反覆，如此而已，豈有他哉？

七 梁山泊是常勝軍嗎？

　　梁山好漢是堂堂英雄，梁山大軍是威武之師，這在世人心目中早已定格。我是頗不以為然的。關於第一條，我在後面的文字中，還將用不少的篇幅對很多好漢不那麼「英雄」的行徑，表示一點不滿，而且基本上只推許林沖、魯智深等三四人為真英雄，言外之意，真有幾分「余子何堪共酒杯」的味道。至於第二條，梁山大軍是不是一支幾乎不可戰勝的威武之師，這裡也還想略費筆墨。

　　表面上看，我要堅持自己的看法是很有一些難處的。畢竟，梁山大軍有輝煌的戰史在：從晁蓋劫取生辰綱敗露，官兵圍捕被大敗開始，中間相繼有智取無為軍、三打祝家莊、破高廉、打青州、打大名府、兩贏童貫、三敗高俅，直至征方臘等一系列戰鬥或戰役，結果無一不是以梁山泊大獲全勝而告終。那麼我又該從何處入手分析，來駁倒「梁山泊是常勝軍」的論斷呢？

　　其實只要稍作認真思考，找到支持我觀點的論據也並不難。

　　不妨先打一個比方。如果安排狼與羊比武，那結果是不用說的，在龐大的羊群中，哪怕只安排一隻狼，也會以狼「風捲殘雲」，建立「赫赫武功」為結局。然而，我們能否因此就給狼掛一塊「森林之王」的牌匾呢？當然不能，因為老虎和獅子不會答應。

　　硬要論梁山大軍的戰鬥力，就他們所表現出來的看，充其量也不過是那隻狼。這麼說並不是我一心在誹謗他們，請注意我在前面所加的「就他們所表現出來的看」這句定語，也就是說，梁山泊也有可能從「狼」的水平向「森林之王」的方向發展，但很可惜，他們始終只是在和羊乃至羊群戰鬥，而沒有遇到能夠顯示他們「森林之王」攻擊力的機會。說其對手是「羊群」，如果僅僅著眼於戰鬥力的話，應該並不誇張：圍捕晁蓋被割了鼻子的何濤，依靠老爹權勢、智商連黃文炳都不如的蔡九，輕易就中了宋江反間計的慕容知府，只知道裝神弄鬼、一旦裝神弄鬼失靈就驚慌失措的高濂，……這些人怎能帶好兵打好仗？他們和梁山泊對壘，真的就像給對方戰史添彩的機會似的。梁山泊勝了他們，我看真是勝之不武，能夠炫耀出多少軍威呢？

　　如上所說，梁山大軍橫行山東河北，官軍莫敢攖其鋒，是不是純粹因為地方軍政負責人太過貪鄙和平庸，如果換上一個較有才幹的，就能在和梁山泊的抗爭中戰而勝之？也不盡然。實際上各地郡縣無法和梁山泊抗衡，幾乎是一種必然。這就要說到宋朝在兵制和地方行政上的幾個大失策。

「強幹弱枝」的惡果

　　宋朝政權是在五代軍人割據的混亂局面中建立起來的，宋太祖趙匡胤本人就是軍頭，又是靠軍人的擁戴登上皇帝寶座。因為

自己的經驗，宋太祖一直有兩塊心病，一是怕軍頭權力過大，二是怕地方割據，不聽命於中央。

要讓這兩塊心病落地，宋太祖便不得不拼命加強中央集權，實質上就是抬高他的的君權，把人事、財政和兵權都緊緊攬在自己手中。這就是所謂「強幹弱枝」的政策。自宋太祖以降，即使後來的皇帝能力遠不如開國之君，對這一政策都是躬行不逾。在「強幹弱枝」政策之下，宋朝地方政府是幾乎沒有什麼權力的，不僅財稅收入上繳中央，就是地方上選拔的兵士，只要身體壯武藝高的，也必須送到京城去當「禁軍」，地方上只有淘汰下來的老弱病殘，留下來當「廂軍」，「廂軍」的戰鬥力極差，是根本打不了仗的。雖然「禁軍」的戰鬥力強一些，也會派到地方上戍守，但因為宋王室猜忌軍人，怕帶兵的人擁兵自重，乃實行輪番戍守之制，譬如這支部隊今年戍守山西，隔一年調中央，再又可能調到山西，兵調而領兵的將領卻並不調動，這樣把部隊每年調來調去，除了虛耗國帑，更重要的是釀成了「兵不識將，將不知兵」的荒唐局面，「禁軍」的戰鬥力也要大打折扣了。

以上宋朝在兵制和地方行政上的弱點，錢穆先生在其《中國歷代政治得失》和《國史大綱》兩部偉著裡，分析得十分透徹。錢穆先生論史的一大特點，是常常能夠摒棄今人因時代變遷而容易滋養的成見，他雖然在上述著作裡剖析了宋王室的失策，但也心平氣和地認為，宋王室有其苦衷，為了力避五代那種軍閥割據的局面，揆諸當時的實際，宋朝制度也自有合理性。整個兩宋時代，沒有一個抗命的地方政府，也沒有崛起一個跋扈的軍人，這

都不能不說是宋王室的一大成功。但片面的「強幹弱枝」，造成的地方貧弱，其危害也是非常嚴重的。和平時期，這種危害性暴露的也許還不充分，一到民亂和外敵入侵，就看得清清楚楚了。北宋末期，金人攻宋，中央首都（東京，即今之開封）一失，各個地方因為實力太差，組織不起有效的抵抗，全國很快土崩瓦解。這一點只要和唐朝比對一下就更顯豁了：唐代安史之亂，叛軍也是攻進了都城，但因為唐王朝地方行政較宋優越，各個地方實力雄厚，可以各自為戰與敵周旋，所以最後還能化險為夷。

明瞭以上背景，再來看《水滸》中梁山大軍的「武功」，我們不能不說，梁山泊所謂縱橫山東河北的戰績實際上是有很多水份的。也許這的確是一支強悍的隊伍，但它取得的一系列勝利卻並不足以證明其真的具備超強的實力，因為它面對的敵手太不相稱了。那麼梁山泊和中央大吏童貫、高俅親自徵調、統率的「精銳」的戰鬥，是否能夠證明梁山泊之無堅不摧呢？這應該從兩面去考察。一是從歷史事實看，梁山泊並沒有和「中央軍」爭鋒的機會，估計它當時的實力還不足以讓大宋朝派中央軍去圍剿；二是從書中描寫看，中央軍的失敗早已鑄就，因為它的統帥是童貫和高俅這樣既貪鄙又昏庸的奸臣，兩軍對壘的結果並不需要靠實力就基本可以判定了。

像梁山泊這樣一些通常被稱為「草寇」的武裝，居然能夠在地方上橫行，在宋朝歷史上遠非鮮見。《續資治通鑑長編》就記載：宋仁宗時期，有一群「強盜」在江蘇高郵一帶劫掠，當時知州是一個叫晁仲約的文官，「知不能禦」，於是曉喻官民，各

出金帛，準備「牛酒」，去撫慰「群盜」，「盜悅徑走，因不為暴」。這件事傳了出去，朝廷大怒，有些人建議將晁仲約正法以儆效尤，卻遭到了當時名臣范仲淹的反對，理由是「高郵無兵無械」，「事有可恕」，最後朝廷採納了范仲淹的意見。從這件事上，我們可以看出北宋時期，地方之虛弱殘破到了何種地步，像這樣名不見經傳的「群盜」就可以讓一個知州自動放棄抵抗，梁山泊之攻城掠寨，又有什麼值得自誇的呢？

梁山泊的幾次「走麥城」

不是什麼「常勝軍」，多數時候是因為其對手太不相稱，恰好成全了梁山泊的赫赫武功。

這裡就有了一個問題：梁山泊一旦遇到稍稍像樣點的對手，又會如何呢？

梁山泊的戰史中，也不是就沒有遇到真正的對手。祝家莊、曾頭市，就先後讓梁山大大地吃了苦頭，曾頭市一戰還使老天王晁蓋殞命，更是奇恥大辱。最後雖獲勝利，但也是靠機詐，雖然這也是戰爭中的常態，畢竟不是純然靠一支部隊的攻擊力取勝，若以此計算其戰鬥力，或許要稍打折扣。最末的征方臘，那就更是貨真價實的「慘勝」，「殺敵一萬，自損八千」，這樣的「勝利」，又怎麼好說是一支「常勝軍」之所為呢？更重要的是，讀者須知，雖然方臘部隊和曾頭市、祝家莊在梁山泊面前表現相當神勇，可老實說也並不是多麼兇悍的隊伍。歷史上的方臘，面

對宋軍的圍剿，是很快就歸覆滅了；曾頭市等地方武裝，大概是王安石變法，推行「保甲法」後興起來的，和後世「民兵」差不多，選用的都是本地農民中比較精幹的人員，因為地域、家族關係，容易抱成團，確有一定戰鬥力，但受到當時客觀條件的制約，比如朝廷不會允許地方武裝的實力超出防衛需要等等，《宋史》上就說「非軍興不得擅行」，也不可能成長為一支具備強大攻擊力的隊伍。宋朝地方武裝的實力不會很強，否則後來金人入侵，也不會那麼快就使北宋亡國了。讀《水滸》的人切莫誤解時代，以為當時的曾頭市、祝家莊和清朝興起的湘軍、淮軍差不多，真的可以獨當一面。

然而，我們看到，就是像方臘、曾頭市、祝家莊等一類實力遠非強大的隊伍，卻已經要讓梁山泊大皺眉頭了。這說明了什麼？說明梁山泊的軍力實在有限。還說明只要應對有方，梁山泊即使在地方政權虛弱的郡縣，也並不是不可戰勝的。

探究方臘、曾頭市、祝家莊之所以能夠和梁山泊抗衡的原因，其實也很簡單，無非是隊伍內部比較團結，利益訴求比較一致：方臘軍內，都是一同起事造反，生死與共；地方武裝，成員都是鄉里鄉親，保衛家園不受侵擾也符合共同利益。我們看《水滸》前面的十幾個章節，彷彿梁山好漢幾乎個個是奇人異士，而曾頭市、祝家莊、方臘那邊幾乎沒有什麼能人，然而，他們不過是心齊了一些，就居然差點讓由無數奇人異士組成的梁山大軍「走麥城」，由此一點，不是可以給人很多的思索嗎？

⑧不一樣的「經濟人」

　　「經濟人」的概念不是本土的，而是源出於英國經濟學家亞當‧斯密的偉大著作《國富論》。亞當‧斯密認為，參與經濟生活的每一個人都追求自己的最大利益，能作出比其他任何人更正確的決策，因為關係的是自己的利益，並且又是直接當事人，所以他會對自己的決策極端負責任，會精心地計算成本和收益，然後做出最有利的選擇。這樣的人就是「經濟人」，雖然經濟人的初衷都是為了謀求自己的最大利益，但由於社會是個人的總和，當社會中的每一份子都能取得最大收益的時候，整個社會所擁有的資源就找到了最大的用途，社會經濟就能得到最大限度的發展。「經濟人」的概念是亞當‧斯密乃至整個西方經濟學說的立論基礎。

　　在關於水滸英雄的書中，突然談起什麼「經濟人」理論，似乎有點無厘頭。其實不然。

　　我讀《水滸》多年，始終對一個問題大感困擾，即在我的印象中，梁山好漢們的行事，似乎從來都是不講後果，不計成本的。而我後來正是因為接觸到了亞當‧斯密的「經濟人」理論，才對這一問題有了透闢的認識。

隻眼看水滸
──說破英雄驚殺人

　　一個智商、情商各方面都正常的人，應該天然就是亞當・斯密所說的經濟人，他做每一件事時，都會自覺權衡一下利弊和得失，力求收益最大而所付出的成本最小。可是，我們看《水滸》中的英雄們，卻彷彿全然不是這樣。青州城外數百人家「都被火燒做白地」，「殺死的男子婦人不計其數」，以如此高昂的成本，換來的不過是逼得秦明入夥，這要讓「經濟人」去算帳，肯定是算不過來的；為了賺盧俊義上山，梁山前前後後投入了多少人力，付出了多少心血且不必說，單是因此而死掉的人，如李固、盧俊義娘子、大名府攻破後被殘殺的無數居民，就會讓一個經濟人大費躊躇，可是宋江、吳用他們卻毫不以為意，而結果呢，也不過是得到了一個差點讓山寨鬧不團結，後來也並未立下多大殊勳的「二把手」，收益和成本失衡之嚴重，是正常人都看得清清楚楚的。另外，像為了賺朱全就輕輕鬆鬆殺掉一個五歲小孩，董平為了得到一個有殊色的女子，卻把對方一家人都殺了個乾淨，等等，都是只會算收益和成本的經濟人所難以理解的。

　　水滸英雄為什麼不是通常意義上的這種經濟人？也許有人說，這很好理解，江湖社會嘛，它不受官方法規的制約，不能以常情常理去揣摸也。這話自然不錯，但江湖社會恐怕也不能不講收益和成本吧？一個江湖組織，如果老是做那種成本巨大而收益卻甚微的勾當，一天兩天可能還行，日久天長，哪裡還支撐得下去呢？

　　在我看來，梁山雖然是「替天行道」，但也不能免俗，也會講收益和成本，只是他們的計算方法和我們正常人區別太大。易

言之，在對「收益」和「成本」的判定上，水滸英雄自有其獨特的價值觀，他們是另一種「經濟人」。

如果要論「成本」，普通人第一個想到的就會是人的生命。這是在情理之中的，沒有生命，什麼都談不上了，所以，普通人最珍惜的首先是生命，即使是那些信仰堅定、由特殊材料造成的人，不到萬不得已，他們也絕不會輕輕易易地拿生命作成本，去交換什麼。可是水滸英雄似乎就不一樣了，他們的口頭禪是「腦袋掉了碗大個疤」、「二十年後又是一條好漢」。如此看來，他們之視生命如草芥，是包括自己也在內的嗎？據我看，多數時候這可能還是一個誤解。水滸英雄不憐惜生命是肯定的，但是否真的都連自己的腦袋也這般賤視，還大可商酌。細考《水滸》，除了李逵等極個別，多數英雄們實際上是很在乎自己的生命權的。如果有人有意或者無意威脅到了他們的生命權，他們絕不會秉持「腦袋掉了碗大個疤」的信念，傲然地說「你拿去好了」，相反還會拔劍而起誓死相鬥，「仇當快意報應盡」，直到將對手完全消滅，才會感到稱心如意。梁山好漢賤視生命，無數的血腥殺戮見證了這一點，但這個生命明顯是不包括他們自己在內的，他們只是視別人的生命如草芥罷了。

既然把別人的生命不當回事，那這常人最為珍惜的「生命」，在梁山好漢心目中，還會是多麼了不得的一項「成本」嗎？為了一個人，犧牲成百上千條生命，經濟人會堅決拒絕，因為這「成本」和「收益」太不平衡了，而在水滸英雄看來，這成百上千條鮮活的生命是幾乎算不上是什麼成本的，所以，哪怕他

們因此而得到的這「一個人」，只能在梁山負一點灑掃之責，但
只要還有一點用處，那麼相對於那幾乎算不上是什麼成本的成百
上千條生命，這筆帳仍然是合算的，是賺帳而非虧帳。戰國諸子
百家時期，有一派叫「楊朱學派」，他們是「拔一毛而利天下，
不為也」，水滸英雄們則是犧牲天下而只要能夠得到一毛，都會
欣欣然去做。

　　普通人心理、情感、利益上往往都難以承受的「成本」，到
了水滸英雄那兒，就會不值一文。這不僅因為他們對「收益」和
「成本」的判定，和我輩庸夫俗子迥然有別，還有一個很重要的
原因，這就是無論什麼樣的成本，什麼樣的慘重代價，事實上都
沒有讓他們去償付和承擔。讀者應該注意這樣一個細節：在每一
場血腥的殺戮之後，都會接著上演英雄們的狂歡節。青州城外死
了那麼多平民百姓，宋江等人隨後就為自己計謀得逞賺得秦明入
夥而舉杯了；祝家莊被洗劫，準備投誠的扈成一家盡被誅殺，而
梁山則開始大擺慶功宴；大名府尚在戰火中呻吟（那一仗，官方
的戰報是「民間被殺者五千餘人，中傷者不計其數，各部軍馬總
折三萬有餘」），梁山則為盧俊義的上山而「連日殺牛宰馬，大
排筵宴」；……在狂歡之中，會不會有人為剛剛過去的殘酷殺戮
而不安呢？即使有，應該也極少吧。原因在於，這本來就是一個
對生命缺乏敬畏感的群體，甚至連市井社會的一點因果報應觀念
都極其稀薄，還因為，幾乎沒有任何力量，可以在其狂歡之中，
發出嚴厲的聲音，拿出果敢的行動，使他們驚悚。

　　水滸英雄就是別一種經濟人，他們和亞當·斯密所說的經濟人的區別，不僅在於對「成本」和「收益」的估價不同，還在於，他們具有一顆冷酷的心。剛剛進行一場血腥的殺戮，血衣未洗血手未幹，馬上又投入到狂歡的盛宴中，這是需要非同尋常的心理調適能力的。一個情商、智商正常的人，迫不得已的情況下成為了屠宰大軍的一員，已經會有很大的心理負擔了，如果還要逼著參加這樣的狂歡盛宴，那多半會發瘋的。而水滸英雄們對此卻能夠做到全身心投入，除了狂歡，似乎沒有任何東西會使其牽掛和不安，我只能說，他們真的不是常人。

　　水滸英雄不是常人，那麼他們是什麼人呢？要麼是「聖人」，充滿了救世的激情和狂熱，總以為自己的行動是在拯救芸芸眾生，丟掉幾條性命也是在超渡他們，是拯救蒼生的必要路徑；要麼是「瘋子」，所有人情物理和俗世的價值觀在他們那裡都是一個顛倒，而水泊梁山說到底也就是一個瘋狂的小社會。

九 江湖不是講情理的地方

年過而立，讀《水滸》二十餘年，關於水滸的文字斷斷續續也寫了近二十萬言，如果有人問我，對水泊梁山，最大的觀感是什麼，我只好說：這是一個我們常人很難以常情常理去揣摸的世界，它逸出了我們的思維常軌。

在一個正常的社會，芸芸眾生為什麼還能在大大小小的圈子裡交往和生活？是一種什麼東西決定著他們應該這樣做而不應該那樣做？在西方的公民社會，這種制約的力量更主要的來自於公民對法律的信仰，而中國傳統社會，官方的「三尺法」當然也有重要作用，但它主要是讓臣民們畏懼的，臣民們很多時候並不知道具體的法律條文是什麼，所以，維繫中國傳統社會還能在一個相對穩定、正常的狀態下運轉，更依賴「禮」的作用。

「禮」的源頭、內涵和表現形式等問題，留待專家們去討論。我的一個感覺是，「禮」雖然表面上好像只是一種純粹的儀式，但經過長期的演變，一旦固定下來並獲得芸芸眾生的認同，那麼「禮」中自然蘊含了「情」和「理」的兩面。有人以為「禮」必然排斥「情」，其實不是這樣。比如，過年過節慰問尊

長，千百年下來已經形成一套模式，但人們在按這一模式履行的時候，又豈止是「理」當如此？何嘗不也是「情」當如此？

中國傳統社會裡，維繫普通人正常交往的，無非「情」和「理」兩字。而江湖社會正好與此相反，它根本不是一個講情理的地方，既不能以情動之，也不能以理喻之。

林沖被高俅設計陷害，發配滄州，路上兩個公差董超、薛霸要奪他性命，「林沖見說，淚如雨下，便道：『上下，我與你二位往日無仇，近日無冤，你二位如何救得小人，生死不忘。』董超脫口而出了一句妙語：「說什麼閒話？」金聖歎特為董超的妙語批了一段，「臨死求救，謂之閒話，為之絕倒！」董超極平常的一句話，金聖歎卻能讀出一種喜劇的味道，藝術敏感驚人。為什麼會有這種效果呢？就是因為兩種話語系統在這裡生硬對接，形成了強烈的反差：林沖那時候雖遭陷害，還是市井社會中一份子，其言行仍然還在常情常理的範圍內，所以遇到生命遭威脅的緊急時刻，還要和常人一樣討饒，希望引起對方的同情，而這在早受江湖文化薰染、接受江湖法則的董超看來，卻不過只是一句「閒話」而已！

不是同一個話語系統，不受同一法則的制約，常人遇見江湖人物，不論是像董超這樣的惡棍，還是所謂的水滸英雄，都只好避而遠之。如果不幸近距離接觸，也只能學金人「三緘其口」，聽憑處置。如果不遵此辦理，還要喋喋不休地去講情理，那不僅所觸的霉頭可能更大，還會成為江湖的談資，就像董超訕笑的「說什麼閒話」一樣。

武松幫施恩奪快活林酒店，裝作客人上門喝酒，問酒保：「你那主人姓甚麼？」酒保答道：「姓蔣。」武松道：「卻如何不姓李？」面對這樣匪夷所思的問題，像我等普通人如何回答才是呢？真的只好噎死算了！而讓你噎死了還覺得憋屈的是，別人問這樣的問題，本來就不是要你來回答的！從武松一進門開始，蔣門神和酒保們就註定要挨武松的鐵拳，雖然蔣門神不是什麼好鳥，但那個酒保估計不會是大奸大惡之輩，挨打後難免會鬱悶：你武二郎打就好好打一頓吧，何必拿「如何不姓李」這樣的問題促狹人呢？說起來，還是那個賣肉發家的鄭屠比我們看得明白些，他就知道魯達左一個「精肉臊子」右一個「肥肉臊子」，是特地來「消遣」他的。

「消遣」，一個絕好的詞語。《現代漢語詞典》釋此詞為「宵夜；消夏」，不僅釋義欠完整，也遠遠未能傳出其神韻。貓吃老鼠，用爪子撥牠一撥，然後假裝抬頭看天，這是「消遣」；張橫在潯陽江上幹殺人越貨的勾當，在對方著道已然束手就擒的時候，要人選擇吃「混飩」（丟下水淹死）還是「板刀面」（一刀一個剁下水去），這也是「消遣」。消遣者的神態必然是氣定神閒的，因為他知道被消遣者不論怎樣掙扎，都逃不過自己的手心。

《水滸》一部大書，從某種角度說，就是江湖英雄「消遣」世間庸人的歷程。有的消遣是大快人心的，如魯達消遣鄭屠，而更多時候則不是這樣。面對英雄的消遣，你不能揣著一肚子「閱世經」，以常情常理待之：求情討饒自然不行，會得到「說什麼

閒話」的譏誚；別人問你吃「混飩」還是「板刀面」，你也不能說橫直一死，你給我一個痛快吧，因為你痛快別人就不那麼痛快了，你得承認英雄天生有消遣你的權利。

　　一個人要想融入江湖，就必須自覺接受那一套獨特話語和法則的改造，否則你就永遠不能成為江湖上的成功者。宋江之所以後來一躍成為江湖組織的領袖人物，我以為，這與他所受的磨難是分不開的：在清風寨，在潯陽江，在揭陽鎮，宋江都差點成了英雄的刀下鬼。而這每一次的磨難，都使宋江受到了一次比一次深刻的教育，從而為其最後如魚得水地融入江湖打下了堅實基礎。不妨看揭陽鎮這一次。「病大蟲」薛永在揭陽鎮上耍拳賣藝，因為事先沒孝敬「鎮霸」穆弘、穆春兄弟，無人敢捧「錢場」，路過此地的宋江不明就裡，給了五兩銀子，便遭來連續禍端：鎮上無人賣飯他們吃，也不敢留他們住宿，穆弘、穆春兄弟更帶著人馬瘋狂追殺。在事情的起初，宋江面對穆春的斥責，兀自說：「我自賞他銀兩，卻幹你甚事？」穆春怒罵：「你這賊配軍，敢回我話！」宋江道：「做甚麼不敢回你話！」宋江的回答當然會博得我輩的稱賞，因為他理直氣壯，甚至連穆春他老爹也不認同兒子的作為，「他自有銀子賞那賣藥的，卻干你甚事！你去打他做甚麼？」都說得何其好也。可惜這一套在穆家兄弟那兒全然失靈，原因就是雙方原本各有話語系統和法則。最妙的是那句「敢回我話！」迂闊的人可能會因此而問一句：如果別人不回你的話又會如何呢？是的，回不回話，結果其實都是一樣的，但穆春偏偏就要對宋江的「敢回我話」而憤怒，好像如果宋江不回

話還不會引來殺身之禍似的。看過上面的文字的人自然明白，這也就是「消遣」吧。

宋江雖然學吏出身，頗通權詐，在清風山上也曾做下驚天動地的偉業，但到底江湖閱歷還遠非深厚，意識深處還有一點「常情常理」的餘跡，我們看他面對張橫吃「混飩」或者「板刀面」的問話，還傻傻地答道：「家長休要取笑！」這不和那個可憐林沖的求情竟如出一轍麼？林沖的求情換來董超「說什麼閒話」的訕笑，宋江的呆傻換來的是張橫的呵斥：「老爺和你耍甚鳥！」

宋江的一連串跟頭栽得不輕，好在最後都吉人天相逢凶化吉了。更重要的是，因為宋江混江湖的天資卓絕，這些跟頭乃積澱而一變為他行走江湖的寶貴財富。他從此把過去殘存的一點「常情常理」拋在了一邊，做江湖人，說江湖話，做江湖事。他把差點害他性命的張橫和穆弘都扶上天罡星的高位，這種非常人能夠理解的行動證明，宋頭領已深刻懂得，江湖是江湖，市井是市井，江湖不是一個講情理的地方。

國家圖書館出版品預行編目

隻眼看水滸：說破英雄驚殺人 / 黃波作. --
一版. -- 臺北市：秀威資訊科技, 2008.09
面； 公分. --（語言文學類；PG0205）
BOD版
ISBN 978-986-221-081-9（平裝）

1.水滸傳 2.研究考訂

857.46 97017888

語言文學類 PG0205

隻眼看水滸 —— 說破英雄驚殺人

作 者/黃 波
主 編/蔡登山
發 行 人/宋政坤
執 行 編 輯/黃姣潔
圖 文 排 版/鄭維心
封 面 設 計/陳佩蓉
數 位 轉 譯/徐真玉 沈裕閔
圖 書 銷 售/林怡君
法 律 顧 問/毛國樑 律師
出 版 印 製/秀威資訊科技股份有限公司
　　　　　　台北市內湖區瑞光路583巷25號1樓
　　　　　　電話：02-2657-9211 傳真：02-2657-9106
　　　　　　E-mail：service@showwe.com.tw
經 銷 商/紅螞蟻圖書有限公司
　　　　　　台北市內湖區舊宗路二段121巷28、32號4樓
　　　　　　電話：02-2795-3656 傳真：02-2795-4100
　　　　　　http://www.e-redant.com

2008 年 9 月 BOD 一版
定價：310 元

讀　者　回　函　卡

感謝您購買本書，為提升服務品質，煩請填寫以下問卷，收到您的寶貴意見後，我們會仔細收藏記錄並回贈紀念品，謝謝！

1. 您購買的書名：_____

2. 您從何得知本書的消息？

　　□網路書店　　□部落格　　□資料庫搜尋　　□書訊　　□電子報　　□書店

　　□平面媒體　　□ 朋友推薦　　□網站推薦　□其他_____

3. 您對本書的評價：(請填代號　1.非常滿意 2.滿意 3.尚可 4.再改進)

　　封面設計____　版面編排____　內容____　文/譯筆____　價格____

4. 讀完書後您覺得：

　　□很有收穫　　□有收穫　　□收穫不多　　□沒收穫

5. 您會推薦本書給朋友嗎？

　　□會　　□不會，為什麼？_____

6. 其他寶貴的意見：_____

_____

_____

_____

讀者基本資料

姓名：_____　年齡：_____　性別：□女 □男

聯絡電話：_____　E-mail：_____

地址：_____

學歷：□高中(含)以下　　□高中　　□專科學校　　□大學

　　　□研究所(含)以上 □其他_____

職業：□製造業 □金融業 □資訊業 □軍警 □傳播業 □自由業

　　　□服務業 □公務員 □教職　□學生 □其他_____

To：114

台北市內湖區瑞光路 583 巷 25 號 1 樓

秀威資訊科技股份有限公司　　　收

寄件人姓名：

寄件人地址：□□□

（請沿線對摺寄回,謝謝!）

秀威與 BOD

BOD（Books On Demand）是數位出版的大趨勢，秀威資訊率先運用 POD 數位印刷設備來生產書籍，並提供作者全程數位出版服務，致使書籍產銷零庫存，知識傳承不絕版，目前已開闢以下書系：

一、BOD 學術著作—專業論述的閱讀延伸
二、BOD 個人著作—分享生命的心路歷程
三、BOD 旅遊著作—個人深度旅遊文學創作
四、BOD 大陸學者—大陸專業學者學術出版
五、POD 獨家經銷—數位產製的代發行書籍

BOD 秀威網路書店：www.showwe.com.tw
政府出版品網路書店：www.govbooks.com.tw

永不絕版的故事・自己寫・永不休止的音符・自己唱